メディアワークス文庫

君に贈る15ページ

三秋 縋・佐野徹夜・松村涼哉・
斜線堂有紀・一条 岬・綾崎 隼・
村瀬 健・こがらし輪音・青海野 灰・
古宮九時・遠野海人・天沢夏月・
入間人間・時雨沢恵一・高畑京一郎

目　次

執筆者プロフィール一覧

※掲載順

三秋縋（みあき・すがる）

1990年、岩手県生まれ。2013年『スターティング・オーヴァー』でデビュー。『君の話』（早川書房）で吉川英治文学新人賞にノミネート。他著書に『三日間の幸福』『恋する寄生虫』（メディアワークス文庫）、『さくらのまち』（実業之日本社）など。

佐野徹夜（さの・てつや）

『君は月夜に光り輝く』で第23回電撃小説大賞《大賞》を受賞、デビュー。同作は大ヒットを記録し映画化も果たすなど、一躍、青春小説の旗手として注目される。他著書に『この世界にiをこめて』『アオハル・ポイント』がある。

松村涼哉（まつむら・りょうや）

大学在学中に応募した『ただ、それだけでよかったんです』（電撃文庫）で、第22回電撃小説大賞《大賞》を受賞しデビュー。メディアワークス文庫初作品『15歳のテロリスト』は発売から大重版が続くヒット作に。閉塞した現代社会に生きる少年少女を描く作家性に、熱い人気が集まっている。

斜線堂有紀（しゃせんどう・ゆうき）

第23回電撃小説大賞にて《メディアワークス文庫賞》を受賞し、「キネマ探偵カレイドミステリー」でデビュー。累計10万部を突破した『恋に至る病』など、多岐にわたる作風で人気を博す。

一条 岬（いちじょう・みさき）

第26回電撃小説大賞にて《メディアワークス文庫賞》を受賞した『今夜、世界からこの恋が消えても』が、実写映画化もされ大ヒット作となる。大胆な構成と緻密な心理描写が持ち味。

綾崎 隼（あやさき・しゅん）

新潟県出身。第16回電撃小説大賞《選考委員奨励賞》を受賞し、『蒼空時雨』（メディアワークス文庫）でデビュー。受賞作を含む「花鳥風月」シリーズ、『この銀盤を君と跳ぶ』（KADOKAWA）、『冷たい恋と雪の密室』（ポプラ社）など著作多数。

村瀬 健（むらせ・たけし）

第24回電撃小説大賞《選考委員奨励賞》を受賞し、『噺家ものがたり ～浅草は今日もにぎやかです～』でデビュー。『西由比ヶ浜駅の神様』が高い評価を得る。兵庫県在住。放送作家。

こがらし輪音（こがらし・わおん）

第24回電撃小説大賞にて《大賞》を受賞。デビュー作『この空の上で、いつまでも君を待っている』が10万部を超えるヒット作となる。他に『冬に咲く花のように生きたあなた』（メディアワークス文庫）、『7年』（KADOKAWA）など。

青海野 灰（あおみの・はい）

新潟県出身・千葉県在住。『逢う日、花咲く。』で第25回電撃小説大賞《選考委員奨励賞》を受賞し同作でデビュー。繊細で丁寧な筆致で読者を物語の世界に誘う。

古宮九時（ふるみや・くじ）

第20回電撃小説大賞、最終選考作『監獄学校にて門番を』（電撃文庫）にてデビュー。『Unnamed Memory』（電撃の新文芸）が「このライトノベルがすごい！2020」（宝島社）で単行本・ノベルズ部門第1位を獲得し、TVアニメ化を果たす。『死を見る僕と、明日死ぬ君の事件録』（メディアワークス文庫）など著書多数。

遠野海人（とおの・かいと）

第27回電撃小説大賞で《メディアワークス文庫賞》を受賞した、『君と、眠らないまま夢をみる』でデビュー。他著書に『眠れない夜は羊を探して』『あなたが眠るまでの物語』など。

天沢夏月（あまさわ・なつき）

1990年生まれ。『サマー・ランサー』にて第19回電撃小説大賞《選考委員奨励賞》を受賞し、デビュー。清々しい感性で描かれる青春小説に定評のある気鋭の作家。

入間人間（いるま・ひとま）

1986年生まれ。2007年6月、作家デビュー。『電波女と青春男』『安達としまむら』（電撃文庫）がTVアニメ化され、人気を博す。作家デビュー15周年を記念した『嘘つきみーくんと壊れたまーちゃん 完全版』（メディアワークス文庫）が発売中。

時雨沢恵一（しぐさわ・けいいち）

第6回電撃ゲーム小説大賞（現・電撃小説大賞）の最終選考作『キノの旅 the Beautiful World』にて2000年7月デビュー。他著書に『ソードアート・オンライン オルタナティブ ガンゲイル・オンライン』（電撃文庫）、「××が運ばれてくるまでに」シリーズ（メディアワークス文庫）などがある。

高畑京一郎（たかはた・きょういちろう）

1967年生まれ。静岡県出身。第1回電撃ゲーム小説大賞《金賞》受賞作『クリス・クロス 混沌の魔王』（電撃文庫）で作家デビュー。代表作に、実写映画化もされた『タイム・リープ あしたはきのう』（電撃文庫）がある。

されど世界の終わり

三秋縋

避難所の記憶は、灯油の匂いと雪の匂い、そして屋上の少女によって彩られている。寒空の下で膝を抱え、互いの背中をそっと触れ合わせて、そのとき僕は、見ず知らずの少女と共謀して一つの世界を終わらせようとしていた。

十歳の頃の話だ。町が大災害に見舞われ、住居が半壊し、僕らの一家は避難所生活を送ることになった。避難所に指定された小学校までの道は自動車が通行できる状態になく、僕らは貴重品を身につけて防災袋を背負い、荒れ果てた夜の通学路を無言で歩いた。外灯は一つ残らず死に絶えていたが、先を行くほかの避難者たちが手にした明かりが道に沿って点々と連なっていたのをよく覚えている。

避難者は親子連れと老人がほとんどだった。通学路を親子が連れ立って歩く様は入学式の朝を思わせ、その光景は僕に、人生が新たな段階に移行するような予感を与えた。そしてその予感はあながち間違いでもなく、事実ある意味で、僕は人生の新たな段階に足を踏み入れようとしていたのだ。避難所での生活は僕の人生観を一変させ、それは二度と解けない呪いとして生涯つきまとうことになった。

あるいは永久に色褪《いろあ》せない思い出として。

避難所はお世辞にも快適とは言いがたい空間だった。不足の二文字が、避難所生活には常につきまとっていた。暖房器具は避難所全体を暖めるには心もとなく、体育館にはいつも誰かの咳《せき》が響いていた。初めの半月はろくに食料が届かなかったので、具のない味噌汁《みそしる》とわずかな米という日が大半だった。風呂もシャワーもなかったから、避難者たちの体はすぐにひどい臭いを放つようになった。寝起きするのは薄いマットを敷いて段ボールのパーティションで区切っただけの狭苦しい空間で、プライバシーなどないに等しかった。

避難者の大部分は、差し当たりの生命の危機が去ったことがわかると、途端にその避難所を人間の尊厳を踏みにじる収容所のごとき場所と考えるようになった。不満を口にする人こそ稀《まれ》だったが、皆内心では、どうして自分だけがこんなひどい目に遭わなければならないのかと憤っていた。その怒りをどこにぶつけたらいいのかもわからず、誰々の家が全損したとか誰々の息子が亡くなったとかいった話をさも気の毒そうに語って溜飲《りゅういん》を下げたり、進んで避難者同士でいざこざの種を探したりしていた。

しかし何事にも例外というものがある。そのような状況を歓迎している者も当然いた。たとえば僕がそうだ。といっても、子供らしい無邪気さで窮乏を楽しんでいたわけではない。相対的に見れば、避難所の方が自宅よりいくらかましだったというだけだ。

その頃、僕らの一家は問題を抱えていた。若い家庭が抱え得る問題を一通り網羅していた、と言ってもいい。でもそれらをひとつひとつ書き出していく気はない。幸福な家庭はどれも似ているが不幸な家庭はそれぞれ別物の不幸を抱えているとどこかの誰かが言っていたが、僕が見たところでは不幸な家庭も似たり寄ったりだった。自分たちの境遇を特別に感じたがる傾向はあるかもしれないけれど、実際のところ、同じように凡庸で、同じように救いがない。

十歳の僕にとって家は針のむしろだった。心安まる瞬間など一時たりともなかった。それと比べれば、避難所は楽園だった。避難所にいる限り、よそ目を気にする両親は普通の親みたいにふるまってくれる。僕からすれば治外法権を得たようなものだった。一応は規則正しい食生活が送れるし、戸外に締め出されることもないし、怒声や暴力に怯《おび》えることもない。生まれて初めて、何かに護《まも》られているという安心感を覚えた。

同級生や顔見知りの子供たちが避難所生活を苦にしていたことも、僕の優越感を刺激した。自宅を離れて数日が経過し、校舎で寝泊まりする新鮮さが失われてしまうと、それまでちょっとしたお泊まり会気分だった子供たちも家に帰りたいと不平をこぼすようになった。子供に限らず、夜中にめそめそと泣き出す人はめずらしくなかった。

大富豪ゲームの〈革命〉を、僕は自然に連想した。配られたカードで勝負するしかない僕らだが、時として手札の価値が逆転することがある。その大変動の後では、持たざる者ほど富み、持てる者ほど貧する。実際にはどちらも貧していたとしても、損失が少なく、また貧することへの心構えができているという点で、カタストロフは持たざる者に優しい。

寂しい財布の中身を喜べるのは財布を失《な》くしたときだけだ。とくれば、寂しい人生の中身を喜べるのは、人生そのものが損なわれたときだということになる。ゆえに持たざる者は世界の破局を歓迎する。それどころか、個人的な破局でさえ人生の肯定材料にしてしまえる。それを前にして、僕らは初めてこう思えるのだ。ああ、何も持っていなくてよかった、と。

このようにして、十歳の僕はすっかり破局に魅了された。しかし次のような指摘が来ることも予想される。『お前は大災害を運よく無傷でやり過ごせたから破局の好都合な側面しか見えていないだけで、自分が生き残ることを前提に、安全圏から破局を美化している。一度生命に直接の危機が及ぶような目に遭えば、たちまち考えをあらためるに違いない』。

なるほどもっともな意見だ。すると、僕が求めるようになったものを正確に表現するなら、〈安全な危険〉とでも言うべきなのかもしれない。

それは誰しも多かれ少なかれ胸に秘めている欲求だ。多くの娯楽は、この欲求を別の欲求に偽装した上で満たしてくれることに価値がある。危機的状況は僕らの鈍りきった感性を鋭敏にし、安上がりな感動を次々に提供してくれる。

あの頃、事実僕らは何にでも心を動かされていたように思う。プラスチックのお椀《わん》から立ち上る湯気、ストーブから漂う灯油の匂い、冷え切った体を包み込む毛布、ラジオが奏でる切れ切れの音楽、月明かりに照り映える青白い新雪。それまで通り過ぎるだけだった無名のあれこれの前で、僕らはふと足を止めるようになった。まるで世界との出会いを一からやり直しているような――それでいて同時に、ひとつひとつの事物に別れを告げているような――この瑞々《みずみず》しい違和感を、まったく楽しまなかったと言えば嘘《うそ》になるのではないか。手の込んだ物事を楽しむ余裕を奪われる一方で、僕らは、単純素朴な物事を味わう能力を取り戻していた。

屋上で少女と過ごした記憶がおとぎ話のようなきらめきを放っているのも、開ききった瞳孔が、ささやかな月光を光明と錯覚したにすぎないのかもしれない。仮に同じ出来事が危機とは無縁の状況で生じていたとして、その不完全な闇の中では、僕は彼女がもたらした光に特別の意味を見出《みいだ》さなかっただろう。町が完全な闇に覆われていた、あの十二月でなければ駄目だったのだ。

裏を返せば、あの十二月でさえあれば、相手は誰でもよかったのかもしれない。少女はおそらく僕と同年代だったが、多少なりとも親近感の持てる相手であれば、年上でも年下でも構わなかったのかもしれない。しかしこれは無意味な仮定だ。避難所で僕が声をかけることができた相手は、彼女を措《お》いてほかにいなかったのだから。

その夜、僕は寒気を感じて目を覚ました。避難所生活が始まって一ヶ月が過ぎた頃のことだ。寝相で毛布が剝がれていたらしい。毛布をかけ直して再び目を閉じたが、体が温まっても眠気は戻ってこなかった。代わりに尿意が込み上げてきた。僕はうんざりした気分で寝床を抜け出し、懐中電灯を手に取り、上履きを履いて体育館を出た。館内にも手洗いはあったが、眠り込んでいる人々のそばで用を足すのは気が引けた。

連絡通路を抜けて校舎に入るドアを開けると、別世界のように真っ暗だった。遠くの方に非常灯のぼんやりとした緑が小さく浮かんでいたが、床も壁も天井も闇に均《なら》されているせいで遠近感が摑《つか》めない。僕は懐中電灯を点《つ》けて、探し物でもするみたいにあちこちを照らしながら歩いた。

十歳の僕は年相応に臆病で、おまけにまだ霊魂の存在をうっすらと信じてさえいたが、夜の校舎を歩いていても不思議と恐怖は感じなかった。死はあまりに身近に転がっていた。そこに死者の霊が現れたとしても、自然の摂理として受け入れてしまえる気がした。家の中では不気味に見える虫が、野外ではそれほど気にならないのと同じことだ。

だから、本来聞こえるはずのない物音が聞こえたときも、恐怖心よりもまず好奇心が湧いた。用を足し終えて手洗いを出たとき、何か硬質な音がした。氷柱《つらら》が折れる音にも似ていたが、それにしては音楽的な響きだった。

僕は懐中電灯を消し、その場で足を止めた。

息を潜め、耳をそばだてると、今度ははっきりとピアノの音が聞こえた。

オルガンであれば校内のどの教室にも置かれている。しかしピアノが置いてある場所となると二箇所しかない。体育館と音楽室だ。そして今、体育館はピアノを弾けるような状態にない。

吸い寄せられるように、僕は音楽室の扉の前に立っていた。ピアノは鳴りつづけていた。高音部の鍵盤を使い、一音一音確かめるように、控えめなタッチで弾いているのがわかった。

その明快な旋律は、ほかのどんな曲とも取り違えようもなかった。

きらきら星。

　少なくとも悪い幽霊ではあるまい、と思った。

　扉を開けると、ピアノが止《や》んだ。懐中電灯の明かりは、一人の少女を照らし出していた。

　なぜこんな夜更けに音楽室でピアノを弾いているのか、という疑問は湧かなかった。僕にはそれがどこまでも正当な行為に感じられた。いや、最良の選択と感じた。自分が先にそれを思いつけなかったことを悔しがりさえした。

　そのような共感を言語化しようと試みたものの、十歳の僕にはいささか荷が重かった。だから代わりに、とくに訊《き》きたくもないことを僕は訊いた。

「眠らないの？」

　僕の声に、少女は振り向いた。彼女もまた、僕がそこに現れたことにとくに疑問を抱いていないようだった。暗闇のせいではっきりとはわからなかったけれど、同年代の子供にしては妙に大人っぽい格好をしているように見えた。それでいて同年代だとはっきりわかるくらい、何か近しいものを感じた。

「あなたは？」と少女は僕に問い返した。

　眠れないんだ、と僕は言った。

私もそうなんです、と彼女は言った。

僕は少し迷ってから、それなら一緒に遊ぼうと言った。

少女は嬉《うれ》しそうにうなずいた。

思えば、僕が自分から誰かを遊びに誘ったのはこの日が初めてだった。そんな権利が自分にあるとも思っていなかった。だから自分の口からそんな畏れ多い言葉が出てきたことに驚いたし、彼女がそれをあっさり受け入れたことでさらに驚いた。

しかしここで一つの問題が生じた。僕が知っている遊びはいずれも一人遊びだった。他人と遊んだことなんてほとんどなかったから、同年代の、それも異性の子供と楽しめる遊びなんて、当時の僕の遊びのレパートリーにはなかった。

僕が懸命に知恵を絞っていると、彼女が助け船を出してくれた。

「では、〈終末ごっこ〉をしませんか？」

知らない遊びだった。でも自分が知らないだけで、普通の子供のあいだでは定番の遊びなのだろうと僕は想像した。少女があまりに自然にその言葉を口にするものだから、〈終末ごっこ〉なるものに聞き覚えのない僕の方に問題があるのだろうと思った。

それは単純といえば単純な「ごっこ遊び」だった。世界に終末が訪れ、残された人類は二人だけという状況を仮定する。終わる世界を巡り歩き、生き残りがほかにいないことを確認したら、毒薬を飲み干して仲よく心中する。

少女はどこからともなく取り出した缶コーヒーを毒薬に見立て、これは苦しまずに逝ける安楽死用の薬なのだ、と真剣な顔で語った。ブラックコーヒーの黒い缶は、そう言われてみれば毒薬の容器に見えなくもなかった。

闇で満たされた校舎を、僕たちは懐中電灯を片手に探検した。少女のお手製の地図を頼りに教室を見て回り、中に人がいないことを確かめては、そっと扉を閉めた。緊急時の措置なのか、扉はすべて解錠されていて、普段出入りを許されていない特別な教室まで探索することができた。

三階建ての校舎を隅々まで調べ終えるのに、そう時間はかからなかった。

「これで全部かな？」

僕が尋ねると、少女は首を振った。

「まだ一つ残っています」

そう言うなり、僕の袖を引き、迷いのない足取りで進み始めた。

三階からの上り階段の先にある扉が開くところを、僕はそれまで一度も見たことがなかった。そこから屋上に出られることは知っていたけれど、年中固く閉ざされているものだから、扉というよりはそういう模様の壁として認識していた。

扉の前のスペースは物置になっていて、机や椅子がジャングルジムみたいに積み上げられて埃《ほこり》を被《かぶ》っていた。少女はその隙間を縫って扉の前に立ち、軋《きし》むノブを回して肩で扉を押し開けた。

青い夜がそこにあった。

夜気はこれ以上ないくらい澄み渡り、頭上の星々は僕が知らないうちに地表に引き寄せられたのではないかと思うほど間近に見えた。いつもは小さな点の集まりに過ぎなかった星々のひとつひとつが生々しい光を放ち、それまで僕が平面のように捉えていた星空に深い奥行きを生じさせていた。そうか、星というのは点ではなく球なのだな、と十歳の僕はそのとき初めて実感的に理解した。

少女が缶コーヒーをコートのポケットから取り出し、僕に示した。

初めてのブラックコーヒーは僕が怖《おそ》れていたほどには苦くなかった。しかし少女はこんなにおいしくない飲み物が存在するのはおかしいと腹を立て、あらかじめ用意していたらしいスティックシュガーを二本缶の口から注ぎ入れた。準備のよいことだ。

僕たちは交互に、少しずつコーヒーを啜《すす》った。戦場で煙草《たばこ》を分けあうみたいに。

冷え切ったコーヒーは砂糖を溶かしきれず、最後の一口がざらついていたことを覚えている。

毒薬を飲み干した僕たちは、屋上にうっすらと積もった雪の上に足跡をつけて歩いた。本物の毒を飲んだわけでもないのに、頭の中がふわふわとして立ちくらみを起こしそうな気配があった。飲み慣れないコーヒーのせいかもしれない。何もかもが異常なその状況に、脳が嬉しい悲鳴を上げていたのかもしれない。

学校の敷地《しきち》は杉林に囲まれ、屋上にいてもそれほど遠くまでは見渡せなかったが、彼方《かなた》にぽつりと浮かぶ青白い光に僕らは気づいた。漆黒に塗り込められた町は巨大な湖で、光はその湖面にゆっくりと着水した。僕はＵＦＯだと言い、彼女は精霊だと言った。

あれの正体が何だったのか、未《いま》だに僕は考えつづけている。坂道に停《と》められた自動車の前照灯というのがもっとも順当な推論だが、それにしては不自然な動きをしていた。

案外、本当にＵＦＯや精霊の類だったのかもしれない。

そういうことが起きても不思議ではない夜だった。

降りしきる雪の中、隣で少女が『きらきら星』を口ずさんでいた。いつかはこんな愛《いと》おしい日々も終わってしまうのだろう、と僕は不意に思った。世間の人々にとって始まりと終わりの外側にあるこの日々が、僕にとっては内側だった。避難所こそが帰るべき故郷であり、自宅は仮住まいにすぎなかった。僕の人生は今この瞬間がピークで——これらはあくまで十歳の僕の心情を今の僕が通訳したものだが——再び日常が戻ってきてしまえば、あとは気怠《けだる》いエピローグが続くだけだ。

僕は長いあいだ黙り込んでいたようだ。少女が肩をつついていた。

それから〈儀式〉が執り行われた。

彼女が薄明会《はくめいかい》——当時局地的に流行していたキリスト系の新宗教——の信者であることには、僕も薄々勘づいていた。クラスにも薄明会の信者は数人いたから、それが終末思想に基づいたやや突飛な世界観を持つ宗教であることも知っていた。〈終末ごっこ〉なる風変わりな遊びも、避難所ではやや場違いな印象を受ける上品な服装も、子供らしくない言葉遣いも、両親の信仰に起因するものだったとすれば合点《がてん》がいく。同じ避難区域に住みながら面識がなかったのは、彼女が薄明会と関わりの深い私立の小学校に通っていたためだろう。

〈儀式〉は二人一組で行われる。膝を抱えるようにして座り、互いの背中を触れ合わせ、瞼《まぶた》を閉じて黙想に耽《ふけ》る。少女はその正式な儀式名を教えてくれたのだが、耳慣れない響きだったためか、僕にはうまく聞き取れなかった。四文字か五文字の外来語のような響きの言葉だったことは確かだ。

コートを脱ぎ、それを毛布のように膝に掛け、僕と彼女は背中をぴたりと合わせた。〈儀式〉の目的や意味するところはわからなかった。その姿勢では彼女の表情が見えず、どんな心づもりで〈儀式〉に臨めばいいのかもわからなかった。わかっていたのは、彼女がそこにいるということだけだ。

ひょっとしたら、〈儀式〉の発案者はこう言いたかったのかもしれない。面と向き合い言葉の限りを尽くしたところで、人と人は最初からわかりあえるようにできていない。「私はここにいます」以上のことを僕らは伝えられないし、伝えようとするべきではない。

もちろんこれは僕の勝手な解釈にすぎない。発案者は人類の背中に第二の心臓があると信じていたのかもしれないし、聖書の中に背中に関する重要な記述を見つけたのかもしれない。単に教祖が恥ずかしがりで、相手の顔を見ずに済む儀式を必要としたのかもしれない。

一つ確かなことは、僕が〈儀式〉を気に入ったことだ。その日を境に、僕は背中が寂しいという奇妙な感覚を、ふとした瞬間に覚えるようになった。誰かに抱き締められる夢は高望みに過ぎるが、背中を触れ合わせてほしい程度の願いならば自分の身の丈に合っているように思えた、というのもある。

〈儀式〉を終えた後、僕たちは体育館に引き返し、別れの言葉もなく、それぞれの寝床に戻った。そして避難所生活が終わるまでの一ヶ月間、僕が少女と再び会うことはなかった。別の避難所に移ったか、親戚の家に身を寄せるでもしたのだろう。

少女と会えなくなったことを残念だとは思わなかった。もう一度会えたとして、彼女に差し出せそうなものを、僕はもう自分の中に一つも見出せなかった。その空虚を悟られる前に関係が終わったことは、むしろ喜ばしかった。この成功体験から、僕はひどく偏った教訓を得た。心地よい時間は、心地よいうちに終わらせるに限る。

二月にも満たない仮住まいとの蜜月を、僕はそれからの人生で幾度となく、故郷のように懐かしく思い返した。屋上で飲んだコーヒーの味が、いつまでも舌の上に残っていた。少女が混ぜ込んだ砂糖は、致死薬の最後の一口を甘美なものに変えた。

今でも僕は、彼女と過ごした終末がいつの日にか本物になることを望んでいる。

あれは本物の毒だったのかもしれない。

わたしたちの教室

佐野徹夜

あれからずっと消えたいと思っている。気持ちを整理したくて、なるべく独りで過ごすようにしている。それでも夜は眠れなくて、瞼《まぶた》を閉じた薄暗闇の中で、悲しみにとらわれてしまう。過去の情景や記憶違い、夢や妄想、独白や思い込みに浸っているうちに、気づいたら朝になっている。

学校にはあなたが死んだ六月二十一日から行っていない。家にずっといるから、肌が白くなったことは嬉《うれ》しい。このまま学校を中退したい気もする。夏休みになって、学校に行かないことを後ろめたく感じずによくなった。一方で、二学期が始まるのは怖かった。八月のあいだ、幾度も誰も彼もから、どうしてあんなことになったの、と訊《き》かれた。うまく答えることは出来るがそうしたくないから黙っていると、やがて誰もその件に触れなくなった。

不眠が続くと、心は沈む。ある夜、あなたが来た。目を開けてはいけない、私を見てはいけない、とあなたは言う。それで、瞼を閉じたままにしていた。

「私の何が嫌いだったの？」

何も言えなかった。でも、そういうことを聞いてくるところが好きではなかったような気がする。

「私の運動靴をプールに沈めたのは誰か覚えてる？」

黙っていると「答えて」とあなたは厳しい調子で言った。

「水が冷たそうだったから」

「会話になってないよ」

「だって……」

「どうしてみんなは私をおとしめようとしたの？」

「してないよ、そんなこと。ただ、なんとなく……」

あなたは、諦めたようにため息をついた。

「本当に殺されるべきは私ではなかったのに」とあなたは言った。その意味がやはりはかりかねたので、黙っているしかなかった。

「先生が来る前に私を水に沈めたのは？」

「誰でもないよ」

「学校に、来たらいいのに」

あなたが何か別の意味を伝えようとしているのはわかった。「あなたにそんなことを言われる筋合いはない」と思ったが言えなかった。

「助かるなんて無理だよ」

最後にあなたは、二学期には必ず学校に出てきてほしい、そうでないと大変なことになる、と言い残して去っていった。何がどうなるのかは具体的にはわからなかった。不安や怖《おそ》れのほうが、事実より人の心を摑《つか》む。あなたの恫喝《どうかつ》は、曖昧な言葉で縁取られていて意味が取りにくい。

二学期が始まり、登校する。朝礼に遅れるが、なんとか教室にたどり着く。その後、ホームルームで謝罪させられることになった。

「私たちが悪かったです」と頭を下げる。

「本当に、悪かったと思ってるんですか」と先生が厳《いか》めしい顔で言う。

「もちろん、本当に、心の底から、悪かったと思っています。すみません」

みんなはなるべく深刻な顔を作るように努め、この場の雰囲気を真面目なものにするよう気をつけていた。

「悪くない、という顔をしている気がするけれど」

「すみません。申し訳ないです。ごめんなさい」

カーテンの向こうの窓の外にあなたがいると知っていた。だから、なるべく無難な受け答えをしようとしていた。

「お前らは、彼女が死んだことに責任を感じていないのか？」

どれだけ筆記具や教科書を捨てても、それが理由で人が死ぬなんて言い切れないはずだ。

「先生は、私たちに原因があると言いたいんですか？」

「彼女は日頃から精神を病んでいた。弱い存在だった。お前たちが、何か、とどめの一言で背中を押したんじゃないのか。精神的な攻撃を加えたんじゃないか。その可能性を私は疑っている」あなたがそれを聞いてどう思うかが心配だった。あなたはあれからいつも窓際にいて、私たちの話に聞き耳を立てているという話だ。私たちは、あなたを怒らせすぎてはいけない、と感じていた。

「誤解です。それに、彼女が死んだのはあくまでも自己責任です。彼女には自傷的なところがあったから……」

あなたの手首には一目でそれとわかる線のような傷が無数に引かれていた。私なんて、と口癖のように繰り返していた。すり切れたような下着を穿《は》き、財布も小学生が使うようなチープなものを使い続け、髪の毛は母親が切っていると言っていた。

「そういうところがあったなら、余計に、気を遣う必要があったんじゃないのか」

「だからといって、まさか自殺するなんて、予見出来るわけないです。そんなのは確率の問題でしかない。同じことをされても、死なない人もいたと思います」

先生は話題を変えた。

「彼女はしばしば学校の授業に遅刻していた。それもお前らが授業に出ることを妨害していたんじゃないかって説もあるんだ。彼女の日記にそう書かれていた」

先生はあなたのことをどこまでも他人《ひと》ごとのように言う。

「ただ着替えるのが遅かっただけです。それに歩くのも遅かったから。いつも必ずゆっくりと更衣室にたどり着いて、最後に着替えるから、授業の時間に間に合わないんです」あなたは何も言わないでいる。

「彼女が間に合うように場所を譲ってやればよかった」

「嫌ですよ。そんなことする理由がない」私たちが苛立《いらだ》ってそう言うと先生は押し黙り「そのときに何が起きたかは実際に見たわけじゃないからなんとも言えないな」などと言って何かしらの責任を微妙に回避した。そのとき、どうでもいいのだと感じた。先生には、職業的役割を果たして、演技を完遂したいという欲望があるだけ。それであれば、ただやりとりを曖昧なものにしていくだけで事足りる気がした。

「移動教室の変更を彼女に知らせなかったりしたらしいな」

「そうですけど。でも、誰も親しくなかったから。友達じゃないのにそんなこと言うのもおかしな話だし。それに、他の生徒はすべてきちんと遅刻せずに出席しているんです。だから、自分が頑張ればよかっただけです。他の人はきちんとしていたし。だとしたら、真っ当に出来ない人が悪いんだと思います」あなたの表情は険しくなっていくが、それほど怖くは感じない。

「彼女は、もう無気力になって、そういう前向きな力をなくしていたんじゃないか？　そして、そうなるように仕向けたのがお前らなんじゃないのか？　彼女が、何をしても無駄だと感じるようになっていったとしたら、生きる気力を失わせたのはお前たちだと言えるんじゃないか」

「気持ちなんて、私たちにはわかりません。それに、先生の言っていることはおかしいですよ。もし誰かから意地悪やいじりをされていて、それを誰かに助けてほしいと感じていたなら、普段から、生活態度を規律正しく清廉潔白にして、信用を勝ち得る必要があったじゃないですか。そうすれば、誰かしらが、彼女の言葉に耳を傾けるかもしれなかった」

「お前らは結局のところ、彼女の振る舞いに落ち度があったからと言いたいのか？」

私たちは話を逸《そ》らし、物事をどうでもいい感じにするため、あまり意味のない発言を広げ続けることにした。

「だって、彼女の発言を信用していいかどうかなんて、わからないでしょう。嘘《うそ》をついているのかもしれない。あるいは、勘違いとか思い違い、事実誤認とか、起きた過去の出来事をあやふやに覚えてしまっていたのかもしれない。彼女の訴えが事実と異なっている可能性だってあるでしょう？」

「そんなこと言われたって、可能性の話をしたら、すべて否定出来ないだろう」

先生は表面的にはたしなめつつも、話がよくわからない方向に転がり出していることをむしろ歓迎しているように見えた。先生はこのホームルームの時間を曖昧なものにしたいのかもしれない。

あなたをいじめなければいけなくて苦しかった。あなたは酷《ひど》い人間だと思う。あなたがいじめられたのは、あなたのせいだ。

あなたには癖のようなものがあった。あなたは細かいところで優越感を抱いているような顔をしていた。あなたは少しの美しさを鼻にかけ醜いものを見下すようなところがあり、最初からうっすらと嫌われていた。

最初に教室でいじめられていたのはあなた以外の誰かだったような気がする。でもやがて標的はあなたに移っていく。それが何がきっかけだったのかはよくわからない。

あなたは借りたものを返さなかったという噂《うわさ》があった。借りたのはリップクリームだという。それを問い詰められたときにあなたは自分のしたことを認めなかった。あなたは記憶にないと言った。

あなたはやがて徐々に孤立していく。あなたは教室に溶け込むことを諦め放棄する。あなたのその態度がより反感を買った。あなたは孤高を貫くことのリスクを恐れなかった。だとしたら、思い知らせてやりたくなるのが人情というものだろう。

あなたが戸惑う顔を見るのがみんな好きだった。あなたがしんどそうに弱っていく様や、自信を失っていくところを観察するのは、非常に心地よかった。私たちがどうして教室に来ているかというと、あなたのような人に出会うためだ。別に、あなたに個性などというものは存在しない。そんなものはあったところでなんでもない。本当に誰でもよかったし、それがたまたまあなただっただけだ。ただ、あなたは自らの中に原因と理由があると真剣に考えているようで、ずれているなと感じた。生理的な好悪は、あなたがあなたであるから生じるのに、それがわからない。あなたが生きているということそれ自体が気持ち悪いのに。

臭い、と誰かが言い出す。私たちはふざけて、あなたが近寄ると、鼻をつまみ、顔を顰《しか》めた。あなたが傷ついた顔をするたび、それをより続けたくなった。あなたは香水をつけるようになる。それもまた揚げ足を取るための格好の理由になった。あなたの香水が臭い、と言えるようになったから。人の欠点や落ち度を指摘しようと思えば簡単で、いざその対象になったら、もう簡単には逃れられない。あなたは徐々に自分の一挙手一投足を気にするようになる。自分に何か問題があるならそれを矯正しようというように。そうすればするほど、あなたの挙動は不審になり調子がずれていく。あなたが壊れていくのが私たちは楽しかった。それは虫を踏み潰したり蛇を蹴り殺すのと同じくらいの愉悦だった。

あなたを河川敷《かせんしき》に連れて行った。あなたは、どうしてこんな酷いことをするの、と言った。そういうところだよ、と私たちは答えた。そうやって、どうしてとか、いちいち、人のすることに理由を求めたり、自分がいじめられることに何か理由があるんじゃないかっていう考えかたが、私たちを苛立たせる。

あなたには私たちの気持ちなんてわからないのだろう。

それから私たちはあなたに遺書を書かせた。あなたはむしろ喜んでそれを書いた。あなたは、殺されるくらいなら、自分で死にたい、と言った。それから先生が来た。

「そもそも」

そして先生は急に押し黙った。どうやらここらで会話を中断することで、何か先ほどの会話の行方を宙づりにしたまま、話しかたや人との関わりかたが何か少し調子はずれであるとほのめかすだけで、やり込めることが出来ると考えているらしかった。

誰もが次に口を開いたら馬鹿を見るような状況になった。

「一体、何がそんなに気に入らなかったんだ？」

どうやらあなたもそれが気になっているみたいだ。

「どうして靴を燃やしたんだ？」

「臭《くさ》かったから」みんなで笑う。

「机と椅子を校庭に出したのはどうして？」

「面白いと思ったんです」

実際それ以外に理由がなかった。あのとき、あなたは戸惑いながら教室を出た。あなたは机と椅子を取りに行った。授業が始まり、その途端、あなたはいないものになった。先生はあなたの不在に気づかなかった。そのとき、私たちは物足りなさを感じた。教室にあなたがいないことで、何かが欠けていると感じた。早くあなたに戻ってきてほしいと思った。

「給食費を盗まれたことをみんな根に持っていたのか？」

「それも少しあるかもしれません」

本当は、あなたが給食費を盗んでいないことを私たちは知っていた。でも、あなたのせいにしたほうが面白い。あなたは罪を認めない人、ということで先生たちから詰問された。学校側がそのように判断した理由は、私たちが証言したからだ。複数人の証言があるから、あなたの発言よりも私たちのほうが信じるに値すると学校側は判断した。本当は給食費を盗んだのは先生だ。

「でも、正直、こんな程度のことで死ぬなんて、ちょっと信じられないんだ。他に理由があったんじゃないか？　それとも、誰かが」

「さあ、もしかしたら、家庭にも問題があったのかもしれません」

私たちはクローズドチャットであなたの情報を共有して遊んでいた。あなたが感情を露《あら》わにして口走った発言を切り取り、嘲笑《あざわら》うに値する発言として回覧していた。それを死の原因とするのは少し弱いだろう。

「あれは本当に自分で死んだのか？」

先生は汚物に言及するように口の端をゆがめつつ言った。

「先生はどうしてそう思うんですか？」

「あれは芯が強いところがあったから」

そう、あなたは決して自ら死を選ぶような人ではなかったから、私たちはそれが気に入らなかった。私たちはあなたに飽き始めていて、だから、いい加減、あなたに早くいなくなってほしいと思っていた。それにも拘《かか》わらず、あなたは私たちの言動を記録し、情報を整理し、証拠として、それを教育委員会に提出しようとしていた。私たちは、それも面白いと思った。あなたがすべてを明るみにして悲壮な覚悟で戦うところも眺めてみたいと思った。でも、それよりも、もっと面白いことを考えついた。あなたが私たちに反抗しようとしていることが気に食わないという体《てい》で、もっとなぶってやりたいと思った。試しに、人間をもっと徹底的に痛めつけてみたかったのだ。

「結局、あれと最後に会ったのは誰なんだ？」

「さあ」

「どうしてそこまで嫌われたんだ？」

嫌われた具体的な原因というのはないにも拘わらず、あたかもあるかのようにあなたは責められていた。そして、あなた自身、自分がどういった理由で嫌われているかということに気づけぬままでいた。

「もしかしたらあれは、普段の振る舞いとか、そう、言いかたとか、ちょっとした雰囲気、そういうのが積もり積もって重なって、みんなから反感を抱かれたりしてたのかな。そういうところが、ちょっとよくなかったのかもしれないな」

「つまりなんか気持ち悪いってことですか？」

「そろそろ話は終わろうか」と担任教師は時計を見ながら何かを無理やり終わらせるように言う。ホームルームが終わるのは議論がし尽くされたからではなく、時間が流れていていずれ終わるからだ。私たちはいつまでもうなずかず、納得せず、教室は静まり返っている。

「先生のクラスではいつもいじめが起きるって本当？」

「誰から聞いた？」

「誰からともなくだけど……」

「いじめなんて起きないよ」

先生は当惑したように言った。

「え？」

「今どき、学校でいじめなんて起きないよ」

不条理なことを言われて、自尊心を傷つけられたという顔だった。

「そうですよね……」

来年、先生は三年生のクラス担任として、私たちの学年を受け持つらしい。あなたは「先生が私を殺した」と言った。私たちはそのことをなんとなく察していた。教室で先生があなたを叱責しているところを見かけたことがある。教室の廊下の窓からそれを覗《のぞ》いた。そのときあなたは先生に人生相談をしているようだった。「私なんか生まれてこなければよかったんだ」と言いながらあなたは泣いていた。「そうだね。あなたなんか生まれてこなければよかった。あなた、なんで生まれてきちゃったんだろうね？」そう言って先生はあなたを怒鳴りつけていた。私たちのうちの誰かは来年も先生の生徒になる。

隣のクラスの男子の顔は先生に少し似ている。彼の母親は先生の元恋人だという噂があった。そんなはずはないと言うひともいる。先生は単に予行演習をしたかったのかもしれない。先生は翌年その男子生徒に刺されて学校をやめることになる。

家に帰りたくない。夜になるとあなたが来て恨みごとを聞かそうとしてくるから。誰も悪くない。あなたにはそれが理解出来ない。その曖昧さがあなたにはわからない。だからあなたは嫌われていた。あなたには確固たる自分があり、それが私たちには鬱陶しかった。

あなたの声はモスキート音になり、徐々に聞こえなくなりつつある。

教室に来て実感した。もしあの八月のあいだのようなままで、この教室に来ることなく、独りで居続けていたら、自分を責め続けておかしくなっていたかもしれない。

それだけでなく、もっと大変なことが起きていたかもしれない。人がもっと死んだり、誰かの心が傷ついたりしたかもしれない。そうならなくて本当によかったと思う。

いずれチャイムが鳴り有耶無耶《うやむや》のまま話は終わるだろうし、その束《つか》の間《ま》の気味の悪い空白の時間に私たちは消滅を夢想する。いつか私たちは離れ離れになりすべてを忘れる。私たちは消えていく。私たちはこの頃のことをきっと忘れる。

息継ぎもできない夜に

松村涼哉

藤代愛子《ふじしろあいこ》を拾ったのは、繁華街の公園だった。

十歳近く、年上の女性。

オレが暮らしているのは「温泉街になりきれなかった地方都市」と表現するほかない寂れた町。海と山に挟まれた小さな土地は、昭和《しょうわ》には温泉の名所として栄えたらしいが、令和《れいわ》を生きる十五歳のオレから見れば、硫黄の臭いが染みついた田舎だった。温泉宿なんて二、三軒しか残っていない。

海近くの駅前には飲食店が並び、一応繁華街と不相応に呼ばれている。チェーン店で埋め尽くされ、僅《わず》かな観光客も足早に通り過ぎる一角。ビルの古さを真新しいテナントの看板で覆い隠している建物が延々と並ぶ。

親には「駅前の自習室に通っている」と嘘《うそ》を吐《つ》き、夜になると、この繁華街に足を運んでいた。最初の頃は母から文句を言われたが「こんなボロアパートじゃ集中できねぇんだよ」と怒鳴り返すと、何も言わなくなった。父は最初から何も言わない。母からもらった自習室の利用料金で、ドラッグストアでペットボトル飲料を購入し、繁華街そばの公園で気が済むまでベンチにいる。スマホで動画サイトのトレンドを追いながら、時間が過ぎるのを待つ。

藤代愛子は公園のツツジの植え込みに頭から倒れていた。

死体かと思った。

夜になって昼間の暖気が嘘のように冷え込んだ、五月の夜。

遊具もない、小さな公園。公園の隅まで行けば海が見えるらしいが、最近は工事現場の垂れ幕で塞がれている。こんな公園に寄るのは、喫煙所を求めて行き着いたサラリーマンや金のない貧乏旅行中の大学生ばかり。タバコの吸い殻や発泡酒の空き缶が散らばるスペース。事件性のある想像がつい膨らんだ。

「……大丈夫ですか？」

植え込みに埋まっている女性に声をかける。

最初は無視しようかと思ったが、心配が勝ってしまった。

やがて女性はなにか呻《うめ》いて上体を起こそうとした。だが、ツツジの細い枝に体重をかけてしまい、枝を折りながらバランスを崩す。

仕方なく腰辺りを摑《つか》んで、引っ張りあげた。

死体ではなく、ただの酔っ払いらしい。漂ってくる酒臭さで察しがついた。公園のベンチに座らせ、オレが自販機で購入したスポーツドリンクを渡すと、彼女は「ありがとうございます」と頭を下げる。髪にはまだツツジの葉がついていた。

若い女性だ。繊細で柳の枝のような、ほっそりとした身体《からだ》のライン。ベージュのニットを着ているが、サイズが大きいようだ。襟や袖のサイズと身体の間には大きな隙間が生まれている。酒で多少の赤らみはあるが、人形のように生気がない顔立ち。

「酔い潰れて、寝ていたみたいです。いや、本当にもう恥ずかしい……」

彼女はスマホで時刻を確認して、あぁ、と呻き声を漏らした。どうやら想像以上の時間が流れていたらしい。

家まで送った方がいいのだろうか。

そんな心配をしていると、彼女はオレの顔を見つめ「ん」と目を見開いた。

「なんで子どもがこんな時間にいるの⁉」

「酔っ払いのアンタに言われたくない」

それが藤代愛子との初会話だった。

◇◇◇

公園で拾われた酔っ払い・藤代愛子とは、翌晩以降も会うことになった。

夜九時を回ると、オレが座っているベンチにやってきては「八重樫《やえがし》君は帰りなさい」と説教をかましてくる。オレは「教師みたいなこと言わないでください」と反論しつつ、中々諦めない彼女と時間を過ごした。

藤代愛子はノンアルのレモンサワーをいつも購入していた。

本当はアルコールがいいのだろうが、オレの手前、我慢しているらしい。コンビニで買ってきたノンアルのレモンサワーの缶に、自宅から持ってきたカットレモンを大量に入れている。「おじいちゃんがレモン農家なんだ」と少し誇らし気に笑いながら、オレのペットボトルにもよく押し込んできた。香り豊かなレモンの酸味は、オレが買ったサイダーにもよく合い、味を何段階も引き上げてくれる。

そして一時間、藤代はオレに「早く帰りなさい」と耐久戦を強いる。本当にオレがベンチを立つと、微《かす》かに寂しそうな笑みを見せるのだが。

早い話、彼女もオレと同じく長い夜を持て余しているようだった。

「藤代さんこそ家に帰らないんです？　毎晩、寄り道して」

「お父さんと顔を合わせたくないんだよ」

「一人暮らしはしないんですか？」

「正規雇用されたら始めようって思ってるんだけどね。あいにくズルズルと。いつ契約切られるかも分からんのに、固定費は上げられんなぁ」

気まずそうに藤代は吐き捨て、ノンアルレモンサワーの缶を飲み干した。本日二缶目。プルタブを開けた三缶目にカットレモンをぐりぐりと親指で捻《ね》じ込《こ》んでいる。

父と顔を合わせたくないのも、非正規雇用が原因だろうか、と勘繰った。

「……ん？　もしかして憐《あわ》れんでる？　ガキのくせに上から目線か？」

「何も言ってないのに絡んでくるな、酔っ払い」

「ノンアルしか飲まない、健康的一般女性を捕まえてなんたる言い草」

どこが健康的だ、と呆《あき》れた笑みを零《こぼ》してしまった。初対面の時に酔い潰れていた過去はなかったかのような発言に、力が抜けてしまう。

藤代は残ったカットレモンを、オレのペットボトルに押し込んできた。

「八重樫君の方こそ自身の事情を話してくれてもいいんだよ？　この健康的一般女性が人生相談に乗ってあげようじゃないか」

「あぁ、よくいますよね。『他人の相談に乗って優越感に浸りたいだけの人』」

「口悪っ」

「野坂《のさか》先生もそんな感じなんです」

藤代が自身の弱みを見せた以上、黙っているのはアンフェアに感じられた。

驚いたように瞬《まばた》きする藤代に「学校の担任教諭です」と補足する。

「進路相談で揉《も》めたんです。動画投稿で食べていきたいのに反対されて。既に再生数はそこそこ稼げている。高校に行かず、動画編集や企画に注力したい。一度だけの人生なんです。なのに野坂先生には、滅茶苦茶《めちゃくちゃ》反対されて」

「そうか。八重樫君、もう中学三年生だもんね」

「しかも、最初は応援してくれた両親も掌《てのひら》返したように野坂の言いなり」

居心地が悪くなった家のリビングを思い出し、つい舌打ちをしていた。

「教師って完璧なんですかね？　『そんな甘い世界じゃないぞ』って言われても、教師のアンタが一体何を知ってんだよって」

十代で活躍している動画投稿者なんて、世界に山ほどいる。オレが数学や歴史に時間を取られている間、彼らはアイデアと努力で、世界中を愉快にさせる。

無論――世の中の大人は、大半が反対するという現実も知っている。

この人はどっち側だろうと藤代を見つめた時、彼女は相好を崩した。

「この世界に完璧な人なんて、どこにもいないよねぇ」

「アナタもそう思いますか？」

「大人になってもダメ人間な私がいるわけだしさ」

「すげぇ説得力」思わず吹き出してしまう。

彼女の年齢は、二十四歳だと聞かされていた。

九個上の大人が、毎晩家に帰るのが憂鬱で、公園で夜な夜な酒に逃避して、時に酔い潰れ、植え込みで男子中学生に拾われる――そんな完璧じゃない大人の見本。

「ダメ人間に乾杯」と笑う彼女のレモンサワー缶と、ペットボトルをぶつける。

彼女がくれるレモンを入れたサイダーは、最高に甘く香《かぐわ》しい香りを放っている。

◇◇◇

藤代愛子と毎晩、公園で過ごす日々が続いた。

彼女はよく職場の愚痴を吐いた。

「サビ残多すぎて日々、同僚が病んでいく。周囲もそれを当然のように受け入れている、労働戦士ばかり。年末年始、普通に働く猛者もいるんだよ？　こわっ」

「それを学生のオレに言われましてもね」

「定時後や休日でも普通に電話がかかってくるって、どんな職場じゃぁ！」

「不思議ですね。こんな酒浸りの女に誰が電話するんだ」

彼女はよく偉そうに雑学を語った。

「クエン酸やビタミンCには、ストレスを和らげる効能があるんだって。で、レモン一個にはレモン四個のビタミンCが含まれている。意味わかんね」

「ネットで見ました。ストレスを和らげる効能は疑わしいですけど」

「分かる。レモンを捨てる時、クッソめんどいから実質プラマイゼロ」

「缶に直接、捻じ込むからでしょ」

オレは、彼女の恋愛遍歴が気になり始めた。

「毎晩、こんなクソガキに付き合っていますが、彼氏とかいないんです？」

「その自覚があるなら、夜間外出は控えなさい」

「マッチングアプリでも始めればいいのに」

「なんで労働の地獄から解放されたあとに、新たな地獄へ行かねばならんのだ？」

◇◇◇

一ヵ月ほど続いた藤代愛子との関係は、あっさり終わりを迎えた。

度重なる深夜帰宅が、彼女の父親に咎《とが》められたらしい。成人している彼女が深夜どこにいようが勝手のはずだが、彼は「娘が夜な夜な誰と一緒にいるのか」を突き止めていたようだ。成人女性が男子中学生と毎晩、公園で過ごす事実は、世間では不健全と判断される。そんな経緯が多くの溜《た》め息《いき》と共に告げられた。

「こんな素敵な夜を過ごすのはもう最後」

藤代愛子は六月の蒸し暑い夜、ベンチで待っていたオレに伝えてきた。

「だから八重樫君は、もう夜は外出しちゃいけないよ。心配になっちゃうから」

笑顔で諭された瞬間、衝動が身体を動かしていた。

全身が痺《しび》れるくらいに熱くなった。彼女が父親の言いなりになっている事実も、自身がまだ子ども扱いされている事実も気に食わない。呼吸が止まるほどの苛立《いらだ》ち。そして、怒り以上に襲い掛かる寂しさにベンチから立ち上がっている。

藤代愛子の身体を抱きしめていた。

彼女はなにか小さく呟《つぶや》いたが、抵抗する素振りは見せなかった。ゆっくりとオレの背中に手を回し、腕に力を籠める。

「公園にはもう来ませんよ」オレはハッキリと告げた。

今のオレには藤代愛子と会えない以上、公園に来る理由は見出《みいだ》せなかった。

「オレ、半年後には働きます。もう一秒も無駄にしない。自力で稼げるようになる」

彼女の身体から腕を解き、オレは藤代の目を正面から見据えた。

「だから、職場からも父親からも離れて――オレと一緒になりましょうよ」

藤代の目は見開かれ、瞳は静かに揺れている。

息を呑《の》んでいるのは驚愕《きょうがく》しているからか。彼女はじっとオレを見つめ返していた。

夜風にかき消されるほどの微かな声で呟かれたのは「ダメだよ」という言葉。

それは何に対する「ダメ」なのか、彼女は説明せずに首を横に振った。


この夜に犯した愚行を、オレは一生後悔する羽目になる。

◇◇◇

彼女を抱きしめた二日後、野坂先生に呼び出された。

眠たさを堪《こら》えながら、遅刻ギリギリの時間に登校したオレに、クラスメイトたちはどこか興味深そうな視線をぶつけてきた。好奇心に満ちた瞳。愉快そうに歪《ゆが》んだ口元。

なんだ、と考えているうちに、教室に駆け込んできた野坂先生に「八重樫、生徒指導室に来い」とカバンを置く時間さえ与えられず、連行された。

白髪交じりの定年間近の社会科教諭。瓢簞《ひょうたん》のような肥満体型。そんなオレの三年二組の担任教師に導かれ、生徒指導室のソファに座らされた。オレの前には野坂先生と生徒指導教諭が腰を下ろす。戸惑いが混じったような、険しい表情。

「八重樫。毎晩、夜遊びしているな？」

野坂先生は突如、そう切り出した。

オレは「夜遊びっていうほどじゃないです」と反論する。バレている以上、余計な誤魔化しは諦めた。非行と呼ぶほどでもない。

「ちょっと公園でジュース、飲んでいるだけ。家からそう離れてないし」

「誰と会っているんだ？」

「誰って……まぁ、同じように公園で寛《くつろ》いでいる奴《やつ》と駄弁《だべ》るくらい」

「相手について、どこまで知っているんだ？」

穿《うが》つような鋭い眼差《まなざ》しを向けられ、オレは「何も」と首を横に振った。

藤代愛子が問題なのだ、と遅まきながら察した。だが、多くは知らない。祖父がレモン農家を営んでいる、本当は酒が飲みたいのに必死に我慢している非正規労働者。

野坂先生と生徒指導教諭はどこか安堵《あんど》の表情を浮かべたあと、オレを労《いた》わるような表情で「名前くらいは知っているよな？」と確認してくる。

小さく頷《うなず》くと、野坂先生は気の毒そうに呟いた。

「お前と一緒にいた藤代愛子さん……いや、藤代先生は市立北中の臨任教員だ」

◇◇◇

つまりは藤代愛子の生徒に見られていたという。

誰かに露呈していた事実は、もはや驚けない。そもそも彼女自身、父親にバレてしまったと説明していた。あの夜の時点で市立北中では噂《うわさ》になっていたのだろう。

市立北中は、オレが通う市立南中から離れた学区。あの公園の学区と異なるが、駅前の塾に通う生徒も多いはず。市立北中の生徒から情報が入ったらしい。

オレと藤代愛子が抱きしめ合う瞬間を、彼女の生徒が目撃した。

学校は「女性教員の不適切行動」と判断し、藤代愛子は自主退職を迫られた。

彼女の行為は、違法ではなかろうと教員として許されなかった。臨時的任用であろうと一講師が、未成年の夜間外出を黙認し、ほぼ毎晩公園で過ごしていたという事実。

そこに尾ひれがついた下品な噂が、市立北中学校の生徒や親の間で蔓延《まんえん》したらしい。

オレは周囲に何度も訴えた。彼女はオレの夜間外出を控えるよう、何度も忠告していた。決して酒を飲もうとはしなかった。

誰も聞く耳を持ってはくれなかった。

◇◇◇

一週間後、オレは野坂先生に「高校に進学します」と伝えた。

彼は満足そうに腕を組み「分かってくれたか」と何度も頷いた。中卒で動画投稿に注力するという希望は捨てる旨を伝え、オレは職員室から足早に立ち去った。

今更になって、オレは自身の進路に何一つ具体性がないと悟った。

彼の正しさに屈したのではない。完璧な教師なんて存在しない。それは藤代愛子から教わったことであり、彼女自身が示してしまった真理。

けれど――オレはもっと不完全だった。

挑戦は無謀であってはならない。衝動を向こう見ずの言い訳にしてはならない。

きっと全てを後悔する日が来る。人生を懸けていいと思える夢を、いつか憎み、痛烈な思い違いと共に打ちのめされる。

彼女を抱きしめようと伸ばした腕を、切り落としたくて仕方がない今のように。

◇◇◇

初恋の味に喩《たと》えられるレモンは、いつか大人の苦みを流すための添え物に堕《お》ちる。

あの公園のベンチで、レモン味のサイダーを飲んでいたオレと、ノンアルのレモンサワーを流し込んでいた藤代愛子は、似た香りを嗅ぎながら全く異なる味に浸っていた。二つは全く異なるという真実に気づかなかったオレは、彼女の人生を破壊した。

公園を通り過ぎるだけの日々が続いた。

高校一年生になると、部活で帰りが遅くなった。学校帰りに公園の前を自転車で通り過ぎるが、やはり彼女の姿は見つけられなかった。高校二年生になっても同じ。高校三年生になったら受験勉強に忙しくなった。大学に進学して以降、教職課程に忙しくなった。二回生に進学してからは、奨学金を返済するためにアルバイトを始めた。

駅前にある塾講師のバイトに応募したのは、あの公園に毎晩立ち寄ることができるから。

再会した暁には伝えたいことがある。まず謝りたい。そして感謝を伝えたい。

教員採用試験には合格できず、世間から後ろ指を指され続け、本人自身も完璧ではないと自虐して——それでもアナタはオレを導いてくれた先生だった。

無意味な妄想を繰り返し、オレは駅前の塾に足を進める。

塾の玄関に足を踏み入れた時——あの日のレモンの香りが蘇《よみがえ》った。

「久しぶり」と声をかけてきた塾講師に、オレはしばらく言葉を失った。

ただ、口をあんぐりと開け、石になったように固まっていた。

たくさんの言葉を準備していたのに、ようやく言えたのは「もう二十歳になりました」という間抜けな返答。うまく笑えていたかは自信がない。

けれど、もうレモンサワーだって飲める。今度は、彼女と同じ味に浸れる。

じゅうごしゅうねん、おめでとう

斜線堂有紀

世界が嫌いだった。

この世界は狭くて生きづらかったから。

何もやりたくない。どこにも行けない。

狭くてそこから先に行けない。

分からないものばかりはつまらない。

だから何も見なかった。

黙るのが平和だった。

限りある世界に生きていた。

なのに、ある日。

彼が現れた。

「君、つまらないな」

「分かった口利くな」

「逃げたい？」

「あるの？　ここから逃げる術《すべ》」

「ああ」

彼に言われた。

「これを読みなよ」

……紙の束だ。

つまらないものだ。

突き返す。

「要らない、これ」

「いいから」

彼は言った。

「世界が広がるよ」

……暇だったからか。

騙《だま》されやすいのかも。

言われたまま読む。

……意味が分からない。

これはクレームだな。

次の日、そのクズを持って行った。

「読み込まれ、ボロボロだ」

そいつは笑った。

「詐欺だよ」

睨《にら》む。

世界は変わらなかった。

酷《ひど》い詐欺だ。

そいつは微笑《ほほえ》む。

「気づかないの？」

「何に？」

「そこから抜けなよ」

「は？　意味が分からない」

こいつ、からかってやがる。酷い。

……あれ。

今何か、あったかも。

謎だった。

「あの、他のない？」

また読めば何か分かるかも。
そいつは微笑む。
新たな紙の束をくれる。

読む＝世界は広がる？
これ、詐欺なのか？
そいつは──彼は、言った。
これは『物語』。
世界を変える『物語』。
相変わらず謎だった。
世界が変わるって、何？
ただ世界は。
広がっていった。

「君の世界の広さは？」
いつか聞いた。

「広いの？」
「果ての無い地平にも行けるの？」
「ああ」
彼は微笑む。

「そうだね。僕／私は君の言えないようなことだって言えるし、君みたいに制限があるわけでもない。それは、僕／私が、君よりずっと物語というものに触れて、生き抜いてきたからなんだと思う。君、小説は好き？　見たところ、君は随分それを気に入っているようだけど。気づかぬ内に笑ったり泣いたり、共感したり愛《いと》おしんだり、そして世界を広げたりしてるのかな。もしこれからも君が読み続けるなら、きっともっと色んな言葉が話せるよ。十五文字じゃ収まらないくらいに」

……びっくりだ。

何？　それ。

「いけない。ミスだ」

いつにない言い方。

「揃《そろ》えなきゃ揃えなきゃ」

「……馬鹿にされてる？」

「いいや」

……気にいらない。

だから、並ばなきゃ。

まだ彼には、足りないから。

「他のは？」

「？」

「まだ読みたい」

彼はまた笑った。

「いい子だ」

祈った。

読みたい。

まだ読みたい。

昼間から会いに行く。

彼は待っていた。

彼は聞く。

「学校《まなびや》は嫌？」

何それ？

……ああ、あれか。

「行く意味が無い」

言ったら、彼は泣く。

謎だった。

「前は僕もだった」

……意外だ。

彼は辛《つら》さなどないっぽいのに。

「物語が僕を救った」

それはつまり、……今やってるやつだ。

「逃げられる？」

「正解」

笑った。彼も微笑む。

逃げられる。

世界は広がる。

ある日、道端の木に花が咲いた。

「何かな」

「桜だよ」

「博学だ」

「だよ」

ただ、桜以外のデータは無い。

他にも咲いたのに。

未知の花ばかりがある。

それが——はがゆい。

彼の名前も聞けない。

聞けないままだった。

分からないままだ。

「行くの、再開するかも」

「へえ、いいな」

「……話せるかな」

「平気だよ」

「無理かも。怖いから」

「君は平気だよ」

「……酷いなあ」

「祈るからさ」

結ぶ手が温《ぬく》い。

学校《はこにわ》を再開する。

話す日が無い。

話せない。

孤独は辛い。

ただ、帰れば彼がいる。

約束だった。

それに「物語」もあった。

物語は鎧《よろい》だ。
心を守る鎧だ。
物語の中に、彼も居た。
だから——行けた。
席からは桜が見えた。
そこに、彼の姿を見た。

桜が散る。

借りてたものを返す。
また次の物語を借りる。
借りる。返す。
気づけば息が吸えた。世界は広がり、涙が零《こぼ》れた。
三十歳の私の視界がパッと開ける。

久しぶりに十五歳の頃を思い出した。

世界が狭く、上手《うま》く言葉が扱えず、狭い世界にいた頃のことを。

私は、大人になった。

制限からも解放されて、十五歳だった時のことなんか忘れてしまって。

あの時、貪るように読んだ小説のことを、私は全部しっかりと覚えているわけじゃない。そもそもあの頃の私は小説の読み方をまるで知らなくて、物語をどう楽しめば良いのかも知らなかった。自分の世界を表す言葉を持たないで、今とは全く違う感覚で世界を捉えていた。

あの時は花の名前も、空の模様も、あの人のことすらも名付ける術を知らなかった。あの人がどんな人だったかをまるで思い出せないのも、あの頃の私が言葉を持たなかったからだ。

それどころか、私は「私」すら持っていなくて。

その一歩手前の「I」だけがあそこにあった。

……あの日。

私があの人に会いに行った最後の日。

私はいつもみたいにあの人のことを待っていた。

そうして待っていたら、そのうち「ごめん遅れた」なんて言って、あの人が来るんじゃないかと思っていたから。

でも、あの人は来なかった。

こんなことは初めてだった。

だから、私は諦められなくて、あの人に借りた小説を読みながらずっと待っていた。

でも、その次の日もあの人は来なかった。

その次の日も来なかった。

あの人がどうして来なくなってしまったのか、あの人に何があったのかを尋ねて回りたかったけれど、私はあの人の名前すら知らなかった。特徴から尋ねようとしても、あの人がどんな人だったのか、彼というのが相応《ふさわ》しい三人称なのかも分からなくて。

そんな人本当にいた？　って言われてもおかしくなかったと思う。

私ですら、あの人が本当にいたかどうかの証明は残された文庫本と、あの人に広げてもらった世界と、与えられた言葉でしか出来なかった。

「そっか、あの人はもう来ないんだ。どこかに行っちゃったんだ」

その言葉が口を衝《つ》いて出た時、私は心底驚いた。

自分から今までにない言葉が出てきたことと、あの人がいなくなってしまったことを認めてしまった自分の両方に驚いた。

私は座っていたベンチから立ち上がる。昔の私はベンチというものすら認識出来ていなかった。そんな言葉は私にはなかったから。

寂しくなかったと言えば嘘《うそ》になる。

私は再び学校に舞い戻って、つまらない授業を受けながら、私のことをあまり好きじゃないクラスメイトと共に過ごすようになった。

でも、前よりも私は息がしやすかった。私は「私」を手に入れたからだ。

文庫本を広げれば、私の世界はそこにあった。

それに——物語を手に入れた私には、友達が出来た。

「ねえ、それ何読んでるの？　面白い？」

私はごく自然に、今までを考えたら奇跡のように優しく返す。

「面白いよ。貸そうか？」

……さて、こうして私はあの人と別れて、独り立ちして、本が読めるようになって物語を知って、それで十分ハッピーエンドなんだって、そう割り切るようになったと思うだろうか？

そんなことはない。

私は今でも鮮烈に、切実に、寂しい。いつかあの人のことを忘れてしまっても、寂しさの形に私の物語が刳《く》り抜《ぬ》かれて、喪失感だけは残るだろう。

だから私は絶対に諦めない。

あの人がこの広い世界のどこにいたとしても、絶対に探し出してみせる。そして、何度も読み返したボロボロの文庫本を、その手に押しつけて返してやるのだ。

そんな私の唯一の道標となっている思い出がある。

私はあの人の外見も、名前も、何もかもが分からない。

でも、名前を尋ねたことがなかったわけじゃないのだ。

いつだっただろう。私が何かの折に尋ねた時に――それこそ、桜の話をした時だったろうか。彼は「名前？」と軽く首を傾《かし》げて言った。

私が頷《うなず》くと、彼は少し考えてから、名乗った。

「むずいかもだよ」

「いいから」

私がねだると、彼は溜息《ためいき》交じりに言った。

「　　　　　　　　　　」

……どういう偶然か、彼の名前はこうだった。
名乗ってもらったのに、何にも分からない。
でも、十五歳の私は彼の名前を確かに知っていたはずで。
そのことが、私の希望になる。
大丈夫。私はもうちゃんと行けるよ。
貴方《あなた》を探しに、この世界の果ての果てまで。
そして……ねえ、あなた。
これを読んでいる、昔の私のような「あなた」。
あなたには、この物語の仕掛けが分かった？

穴があったら入りたい

一条岬

「穴があったら入りたい」

あれは、穏やかな光がさやさやと地上に降り注ぐ、十月が始まったばかりのことだ。

高校一年生の僕は突然、恋人の遥《はるか》から、放課後にそんなことを言われた。

「穴があったら入りたいって……。何か恥ずかしいことでもあった？」

「え？　ああ、その意味じゃないけど。確かに、恥の多い生涯は送ってきたかもね」

「太宰治《だざいおさむ》？」

「人間失格なわけですよ」

「まぁ……うん」

「いや、否定してよ」

「自分で言ったくせに」

思い返せば当時、僕らは十五歳だった。お小遣いは多いとはいえず、年齢的にできないことも多かった。それでも二人でいれば、毎日は充分に楽しかった。

遊園地で遊べば、いらないとも安っぽいとも思わず、お揃《そろ》いのキーホルダーを買って通学鞄《つうがくかばん》に付けた。水族館や動物園では、何にでも目を輝かせて笑っていた。

アルバイトをしようかお互いに悩むも、お金はそこまで重要ではなかった。二人で一緒にいられることの方が大切で、公園や図書館のデートでもなんの不満もない。

キスとか、それ以上とか、考えもせず。手を繋《つな》いでいるだけで満たされていた。

誰かを強く想《おも》うことを、大人ほどには忘れていなかった。

「慣用句のことじゃなくて、本当に穴に入りたいんだよね」

人生において、かけがえのない人がいた。その人が不思議なことを言っていた。

「でも……穴に入ってどうするの？　まさか、冬眠でもする気？」

「違うって。それに入りたいのは熊が眠るような穴じゃなくて、地面にあいた穴」

「へぇ」

それってまるで、お墓みたいじゃん。とはその時、言わなかった。

帰宅部の僕らはその日から、放課後に穴を探して歩くことになった。

遥とは小学生の頃から学校が一緒だった。最初は仲の良《い》い友達で、中学生になってからお互いなんとなく意識するようになり、中学三年生の春から付き合い始めた。

高校も同じ学校に入学し、クラスこそ違うが放課後は常に一緒だった。

「穴、落ちてないねー」

都会でも田舎でもない中途半端な街を歩きながら、呟《つぶや》くように遥が言った。

「穴は落ちてるものじゃなくて、人が落ちるものだよ」

「恋みたいに？」

「いや、何かの点検のために開いてるマンホールみたいに」

「浪漫《ろまん》がない」

「大正《たいしょう》時代以降、日本で発生した事例はないらしいよ。浪漫」

当時の僕らは、他愛《たわい》のない話ばかりしていた。それはほかの人からすれば付いていけない会話で、僕と遥の間だけで通じて楽しめるものだった。

僕らは感性が似ていて相性が良かった。積み上げてきたものも多かった。

別れたあと、あんな人はもういないと……。

たとえば十年経《た》っても、僕についてはそう思ってしまうような、そんな女性だった。

結局、穴を探して三日間も放課後にほっつき歩いたけど、河川敷《かせんじき》にも公園にも見つからなかった。人間社会で穴は管理されていた。落ちたら危険だからだ。

人の心に巣くう喪失感みたいに、いつまでもぽっかりとあいていることはなかった。

土曜日も穴探しデートをしたが発見には至らず、なら掘ろうという話になった。

誰が掘るのか？　当然、僕がだ。僕は遥に対して甘かった。

甘いというレベルじゃないかもしれない。彼女が望むことなら、どんなことでもしようと決めていた。決めていることはそれだけじゃない。はかにも幾つかあった。

たとえば、彼女の前では泣かないこと。

たとえば、彼女の言葉はどんなものでも大事にすること。

たとえば、深刻な話は自分からしないこと。

彼女のために穴を掘ると決めた僕は、早速その準備に取り掛かった。

私有地や公園に穴を掘るのはだめだと調べて分かり、ならバレてもお咎《とが》めは少ないだろうと考え、敷地《しきち》が広い母校の小学校の片隅に掘ることにした。当然、無許可だ。

白昼堂々と決行するわけにもいかず、ホームセンターと百均で本格的なスコップや軍手などを購入し、日曜日の夜九時に、遥と小学校の前に集まる約束をした。

「ス、スコップ。自転車にスコップ乗っけてる。不審者、すっごい不審者」

約束の当日、彼女は合流するや否や、僕の姿を見てお腹《なか》を抱えて笑う。

スコップの運搬をどうしようかと考えた末、自転車のハンドルの上に括《くく》り付《つ》けた。

遥が言うように完全に不審者だ。道中は警察に声をかけられないかと、ドキドキしていた。まさか、恋人のために穴を掘りにいく途中だとも答えられない。

小学校には警備が入っていないと知っていたが、閉じられた校門を二人で乗り越えた時は緊張した。しかしその体験は特別で、遥は興奮を隠し切れない様子だった。

「ねぇねぇ、なんで我々は夜の小学校に侵入してるんですか？」

「穴を掘るためです」

小声で遥が尋ねてきて、僕も同じように小声で応じる。くつくつと彼女が笑った。

「意味わかんないね」

「まぁ、僕らはいつも意味わかんないよ」

「簡単に意味が分かっちゃったらつまらないもんね」

可能な限り目立たず、且《か》つ掘りやすい場所を探す。心当たりのある僕は、校庭の片隅にある植木の後ろ側を目指した。小学生の頃、かくれんぼに使っていた場所だ。

うまい具合にその場所が残っていて、荷物を置くと僕は穴を掘り始めた。

思ったより土が硬く、人が入れるスペースを作ろうとすると手間と時間がかかる。

僕が額に汗して働く様子を、遥は暗闇の中で楽しそうに見ていた。そればかりか、スマホで撮影していた。

「え？　なんで撮ってるの？」

「実は私、生まれて初めて見るんだよね」

「何を？」

「犯罪の現場」

「ああ、僕はこれをネタにして一生、遥に脅されるわけか」

「私の言うこと、なんでも聞いてね」

言われなくても、そうするよ。とはやはり、言わなかった。

「やられたな。遥の罠《わな》にはめられた」

「墓穴を掘ったね」

「絶対に言うと思った」

「墓穴ってさ、墓に穴って書くんだよね。知ってた？」

「知ってたけど……。でも、僕は墓穴は掘ったけど、墓は掘ってないから」

「ううん。実は掘ってもらってるの墓穴《はかあな》なんだ。そこに入って予行演習するの」

「人間は生きている限り、必ず死ぬからね。哲学者も言ってた。生きることは死ぬための予行演習だって。そういう意味ね。よく分かるよ」

僕が手を動かしながら早口で応じると、遥が慈しむように微笑《ほほえ》んだ気がした。

結局、一時間くらいかけて穴は完成した。自分で掘った、お墓みたいな。

「そう、求めてたのはこれなのよ」

「ご満足いただけてよかったよ」

夜が静々と、はらはらと鳴っていた。それくらい静かだった。「それでは」と遥は穴に入ろうとしたが、その前に僕は準備しておいた合羽を渡す。

「汚れるといけないから。百均で買っておいた」

「そういうところ、本当、好き」

「お買い上げ、ありがとうございます。二百円です」

「えー。私とはお金の関係だったの？」

いつもみたいにふざけ合い、せっかくなので合羽を着せてあげる。すると「私も用意してたものがあったんだ」と、遥は厚手のレジャーシートを取り出して広げた。

「私が入ったあと、これを穴に被《かぶ》せて」

「なんで？」

「お墓だから閉じないと。土を入れられるとさすがに死んじゃうから、シートで」

「……死なれたら、すごく困るから。なら言われた通り、シートにしておくね」

合羽を着た遥が穴に入って横たわり、僕は穴全体にシートを被せる。

風も動かない日で、シートも大人しくしていた。彼女は「わー暗い」とか「涼しいー」とか感想を漏らしていたが、しばらくすると黙ってしまう。

「おーい。大丈夫？」

気になって声をかけるも、遥はそれに応じなかった。小学生の日のかくれんぼを思い出す。もーいいかい？　まーだだよ。

これも何かの遊びだろうかと考えて苦笑する。その時になってふと頭上を仰いだ。名前も知らない星座が夜を巡っていた。あらためて世界の静けさに気付く。

——いつか僕は、こんな心の静けさで、彼女のお墓の前に立つのだろうか。

知らず、うつむいてしまう。考えないようにしていたのに……だめだな。

一度考え出すと、とまらなかった。どうして。どうして、君だったんだろう。これまで地上で生きる何百人が、あるいは何千人が、きっと思ったことなんだろう。なぜ、どうして〝君〟なんだと。どうして君が、死ななくちゃいけないんだ、と。

遥の病気を知らされたのは夏休みの終わり頃だった。

遊んでいる最中に遥が倒れた。夏祭りの日だった。最初は熱中症の類かと思った。でも違った。遺伝性の難病の初期症状だった。遥の叔父も、その病で若くして亡くなっていたそうだ。僕にそのことを病室で伝えた時、遥は平気そうな顔をしていた。

自分の家はそうなる可能性があると、小さい頃から両親に言われていたという。残念ながら、自分もそうなってしまった。可能性は低いものの、覚悟していたからこそ、これまで自分なりに人生を謳歌《おうか》しようと努めてきた。

弟にも遺伝していないか気がかりだけど……。多分神様だって、自分一人だけにしてくれるはずだ。そう言って、へへへ、と笑ったあと、遥は大泣きした。

『ごめん。泣くつもりなんて、なかったのに。いっぱい、練習、したのに』

これが現実だという感触はなかった。それでも、いつも気丈な遥の涙や、病室の外で嗚咽《おえつ》を隠し切れずに泣く遥の母親の声が、これが現実だと教えていた。

僕はその時、あることを決めた。絶対に、遥の前では泣かないでいようと。

僕だけでも強くあり続け、彼女が望むことなら、なんだって叶《かな》えてみせようと。

それで、少なくとも二人の間では病気なんて存在しないみたいに日常を送り、今の生活を遥が続けられなくなるその時まで、以前と同じように一緒になって笑おうと。

本格的に闘病生活が始まるのは、早くとも年明けからという話だった。なら……。

これまでのことを思い返していたら、一陣の寂しい夜風が校庭の片隅で吹いた。時刻を確認すると夜が深まり始めている。「遥？」と僕は穴の前で呼びかけた。

姿かたちは違うけど、本当に、お墓のようだった。

遥から返答はない。たまらず再び呼びかけた。

「遥……遥!?」

言いようのない不安に襲われ、シートをめくる。「わっ」と彼女の驚く声がした。

「生き返らされちゃった」

当たり前の話だが、そこには生きている遥がいた。ころころと表情を変える遥が。

心が締め付けられたように痛み、気付くと僕は言葉を発していた。

「ねぇ、遥……。僕も一緒に、お墓に入っていいかな？」

そんな、深刻になってしまいそうな台詞《せりふ》、言うつもりなんてなかった。なのに口が動いていた。「え？」と声を漏らした遥が、しばらくすると暗闇の中で答える。

「だめだよ。お墓は一人で入るものだから」

子どもでも知っていることだ。僕が目を伏せて苦笑すると「でも」と遥は続けた。

「これは予行演習だから。特別にいいよ」

自分が土で汚れることは気にならない。彼女のことの方が気になる。そういう人生を送ってきた。僕も穴の中に一緒に横たわり、うまい具合に中からシートを被せる。

想像以上に暗く、苔《こけ》むすような暗闇が僕らを覆っていた。遥が笑って言う。

「お墓の中へようこそ。案外、悪くない場所でしょ？」

声で分かる。遥は確かに笑っていた。でも僕は笑えなかった。焼かれて小さな骨になり、壺《つぼ》に納められてしまう遥を想像した。震える体をごまかそうとして尋ねる。

「どうして遥は、穴の中に入ろうと思ったの？」

「んー。純粋に、お墓の中ってどんな気分なのか知りたかったんだよね」

明るい調子で紡がれる返答に耳を傾けていたら、「それにさ」と彼女は言った。

「ここでなら、地上で話せないことも、話せるかなと思って」

目が暗闇に慣れ、遥が僕をまっすぐに見つめていることに気付く。

「ここは地上じゃないから、地上での約束とか決めごとは、忘れていいんだよ」

彼女は僕の中にある何かを、その大きな目で見抜こうとしていた。

いや、とっくに彼女は……見抜いていたのかもしれない。

「宿題とか、そういうこと？」

それでも僕はとぼけた。遥がくすりと笑う。

「うん、そう。宿題は地上のこと。ここでは関係ない」

「じゃあ門限も大丈夫かな」

「問題ないよ。それだけじゃない。地上の誓いだって破っていいの。ここだけは」

「そっか。……うん。なら、ならさ……」

もう、だめだった。彼女に許され、決壊しかけているものがあった。吐く息が荒くなり、鼻が小刻みに震える。懐かしいような、悲しいような、そんな予感がして……。

「君の前で、ちょっと、泣くね」

いつしか瞳から、涙が溢《あふ》れていた。嘆きや想いと同じようにとまらなかった。

ずっと一緒にいたい。なんで君が死ぬんだ。おかしい。こんな世界は間違ってる。

言葉の代わりに声を放ち、少年と青年の間の生き物が泣いていた。

僕たちはまだ十五歳だ。できることや行ける場所もこれから増えて、遊びだって色んなことを覚えて、君といつまでも他愛無い会話を重ねながら、笑い続けたかった。

なのに、どうして。どうして君の命が、こんなにも早く終わるんだ。

地上の誓いを忘れた僕は、みっともなくも涙を流し続けた。そんな僕を慰めるように、遥が額に口づけをくれる。頭に手を置くとそっと撫《な》でてきた。

「私はこれまでいっぱい泣いたけど、君がちゃんと泣けてるか気になってたの。私が病気の話をしたあと、それでも普通にしようとしてくれてたんだよね。ごめんね」

その言葉で確信する。遥が穴に入ったのは、僕が涙を流せるようにと考えて……。

「それとさ……。二人で同じ大学、行けなくてごめん」

いいんだ。優しい君が、気に病むようなことじゃない。気にしないでくれ。

「マイホームの話も。実現したかったね。二人で大きな犬を飼おうってさ」

……覚えてくれて、ありがとう。犬の名前を二人で考えて、楽しかったね。

「海外旅行。絶対に行ってね。その目で色んなものを見てきて」

うん……そうする。きっと、そうするよ。

「あと、新しく彼女も作ってね。結婚もだよ。子どもも二人。そうでしょ？」

遥はそういうことを話したあと、言葉に詰まりながらも声を震わせて続けた。

「私も……。私もね、本当は死にたくない」

彼女も地上で決めていたことがあったんだろう。弱音を吐かないことや、自分の死後の話をしないことだろうか。僕たちは似た者同士でお互いのことがよく分かった。

「でもね、ある時、ひょっとしたら私は大丈夫かもしれないって思えたの。それに気付いた時、恐《こわ》さが薄れた。そっか、人が死ぬって、生きるって、こういうことだったのかもしれないって。それを今……言うね。でもすぐに忘れてくれていいから。叶えてくれなくていい。希望だから、口に出すことが大切だと思うから、言うね」

次の瞬間、最愛の女性が、忘れられない一言を口にした。

「私のこと、忘れないで」

魂すらあえごうとする寂寞《せきばく》の中で、遥は涙を流し、洟《はな》を啜《すす》りながら言った。

「たまにでいい。夜に小学校を見かけた時とか、スコップを見た時とか、夜風に吹かれた時とか。そういう一瞬でいい。私のこと、思い出して」

なんて悲しい願いだろうと思ったあと、その分だけ、とびっきり美しいとも感じた。

「そうすれば私は大丈夫だから。君の中で私が生きてるって、そう、思えるから。それがきっと、私が生きたことなんだって……。最期の瞬間にも、思えるから」

地上での約束や誓いを忘れた僕らは、そのまま、数分間泣き続けた。

十六歳、十七歳、十八歳と、僕は遥とともに大人になっていくのだと思っていた。大人になることは必然で、定められたことで。死もまた、時間の果てにのみ定められているものだと思っていた。しかし、そうではなかった。

幸いにして、僕と遥は十六歳になることはできた。

遥の誕生日は二月で、その頃には病院で生活していた。誕生日を迎えられたことを一緒に祝い、喜び、病のために相貌が徐々に変わり始めていた彼女の手を取った。

だけど十六歳までだった。遥は十七歳を迎えることができなかった。

僕だけが十七歳になり、気付けば二十歳を超え、今は二十代の後半になっている。

過ぎ去る歳月の中で、僕は幾度も彼女のことを思い出した。そして心の中に、あの穴に似たものがぽっかりとあいていることに気付かされた。

ある人はそれを喪失感だと言った。別のある人は心の傷だと評した。

高校生や大学生の頃、この世界は間違った世界で、どんな価値も新たに見いだすことができない世界だと、嘆いたことがあった。

でも今は、そんなことはない。心の穴は大切な記憶でもあると気付いたからだ。

それは記憶と同じように完全に薄れず、また、ほかの何かで埋めることもできない。埋める必要もないのだ。大切な人との思い出を忘れる必要がないように。

以前より少し大人になった今、分かることは、誰もが大なり小なり穴を抱えているということだ。見えないだけで、人の世は穴だらけだ。人は穴を抱えて生きている。

穴があいた世界で僕も生きた。穴を抱えながら生き続けた。

そして今度、父親になる。遥のいない世界でも大切な人を作り、結婚し、子どもを授かった。マイホームもその人と作ろうとしている。

でも遥のことは忘れない。僕の中には大切な穴があるから。

遥と横たわった現実の穴は、誰かが落ちないようにあのあと埋めてしまった。当時は小さな動物の亡骸《なきがら》を葬っているみたいに感じたけど、そうではなかったんだ。

僕らの穴は、記憶は、そこで保管されて眠りについたんだ。僕らだけが知る場所で。

僕は生きている限り、最期まで笑っていた遥との約束を守り続けようと思っている。

遥の願いも記憶も、僕とともにあるから。喜びや涙、青春期の日々の一切とともに。

『穴があったら入りたい』

彼女のあの言葉を昔、間違って捉えた意味のままに……。

人に語れば恥ずかしくなり、穴があったら入りたくなるような、そんな話だけど。

十五年後も
お互い独身だったら
結婚しようねと
約束した二人の物語

綾崎 隼

拝啓　有野《ありの》宗司《そうじ》様

お元気ですか？　卒業以来、お変わりないでしょうか？　私はどうかな。心はともかく身体《からだ》は元気な気がします。今のところ勤め先でも何とか上手《うま》くやれています。

手紙を書くなんて小学生以来です。ペンを持っているだけで、不思議な緊張感がありますね。早いもので、もう卒業から一年が経《た》ちますが、この頃、卒業式に交わした会話を、よく思い出します。

「社会人になって、結婚して、子どもを生んで、育てて。そういう生き方が当たり前だと思われているけど、普通の人生って、実は結構、難しいことだよね。私は不器用だから自信がないや」

卒業証書をもらって、今度こそ完璧にモラトリアムが終わったのに。未来なんて全然見えていなくて。不安を溜息《ためいき》と一緒に吐き出したら、宗司君が冗談めかして言ってくれたんです。覚えていますか？

「分かる気がする。普通って難しいよな。それなのに、皆、それを期待している。自分にも、他人にも、家族にも。じゃあ、ベタだけど十年後、いや、三十二歳じゃまだ若いか。十五年後？　三十七歳になっても、お互い独身だったら結婚する？」

ごめんね。あの場では堪えたけど、私、本当は声を出して笑ってしまいたかった。

小説みたいなことを本当に言う人がいるんだって、おかしかった。

でも、もう少しだけ正直に書くと、ちょっと嬉《うれ》しかったの。

生命保険じゃなくて人生保険？　まあ、宗司君も独身ならっていう条件付きではあるけれど、二人ともそうなら十五年後には一人きりじゃないんだって思ったら、勇気が湧いた。だから、これは感謝と報告の手紙なんだと思います。

社会人になって、呼吸を乱しながら、それでも一年間、働きました。想像していた以上に出会いもありました。だけど、私は今のところ恋人は出来ていません。

みっともない話ばかりでもあれだから、最後に楽しい話も書きますね。

去年の年末に新しい文芸レーベルが誕生しました。気付いていますか？　メディアワークス文庫って名前で、創刊したばかりだから全冊読んでみたんです。

お薦めは野崎《のざき》まどさんという新人の『[映]アムリタ』です。

この人、いつか大人気作家になる気がします。良かったら読んでみて下さいね。

二〇一〇年三月二十五日　菱津川奈々《ひしつがわなな》

拝啓　菱津川奈々様

返事が遅くなってしまったことを、最初に謝罪させて下さい。

これは明確に言い訳なのですが、卒業式から一年後に届いた手紙だったじゃないですか。僕も一年間頑張ってから、報告出来たら良《い》いなと思ったんです。ただ、手紙なんて書いた経験がありません。そろそろ三月がくるな、何を書けば良いんだろう。そんな風に日々に焦りを感じていたら、東北であんな地震があって。今、慌てて筆を取っています。

新潟市は中越地震や中越沖地震の時の方が揺れたように思います。なので、そこまで大きな心配はしていないのですが、奈々さんのご家族は大丈夫でしたか？

東京はきっと大変でしたよね。公共交通機関が止まってしまったせいで、職場から自宅まで何時間も歩いて帰ることになった人たちのニュースを見ました。

奈々さんは就職から東京だったじゃないですか。オフィスは都心にあるって言っていたし、地理感覚がないだろうから途方に暮れたんじゃないかなって。東京の街を一人きりで歩く君のことを、自然と思い浮かべていました。あ。でも、就職してもうすぐ二年だから、状況は変わっているでしょうか。恋人だって出来ているかもですよね。失礼な想像だったら、ごめんなさい。

一応、僕も報告しておきますね。彼女は出来ていません。残念ながら一人身です。

そうだ。もう一つだけ言い訳させて下さい。

去年、奈々さんは勤め先で上手くやれていると書いていましたよね。君と比べてしまって、後ろめたくて、筆をなかなか持てなかったんです。地元で就職したのに。実家暮らしで楽なはずなのに。正直、会社では上手くやれていません。だから、何というか、本当に情けなくて。手紙なのに、合わせる顔がありませんでした。

愚痴ばかり書いても仕方ないですね。暗くなっても嫌だし、楽しい話を。

奈々さんがお薦めしてくれた本、読みました。面白かったです。あれ以来、僕もメディアワークス文庫に注目するようになりました。お気に入りは、土橋真二郎《どばししんじろう》先生の著作です。ちょっと怖い物語が多いけど、君の感想も聞いてみたいです。そして、このレーベルには、高畑京一郎《たかはたきょういちろう》先生の新作にも期待しています。

また素敵な本を見つけたら教えて下さいね。それじゃ。

二〇一一年三月二十五日　有野宗司

拝啓　有野宗司様

お返事、ありがとうございました。とても嬉しかったです。

早速で恐縮なのですが、サークルで一流のミステリ読みとして名を馳《は》せていた宗司君に、質問したいことがあります。昨年末に傑作を発見しました。入間《いるま》人間《ひとま》先生の『昨日は彼女も恋してた』と『明日も彼女は恋をする』は、読みましたか？

きっと恋も戦いで。あの頃から、本当は私も恋をしていたのかななんて。恥ずかしながら柄にもないことまで考えてしまいました。想《おも》いを伝えるって難しいですね。

一つ謝りたいことがあります。最初の手紙で、私、勤め先では上手くやれているって書いていたんですね。白状すると、それは強がりだと思います。社会で上手くやれている自分でいたかったけど、宗司君にはそう思われたかったけど、本当はつらいです。もしも今、宗司君が日々に喜びを感じられているなら、コツを教えて下さい。

正直、ちょっと、めげそうなので……。どうしてだろう。みっともないって分かっているのに、あなたには話したくなります。

二〇一二年三月二十五日　菱津川奈々

拝啓　菱津川奈々様

お久しぶりです。早いもので卒業から、もう四年が経つのですね。

時間というのは怖いし、心強くもあるように、最近は思います。向いていないと感じていた社会生活にも、苦しかった仕事にも、気付けば慣れてしまっている自分がいました。奈々さんの日々は如何《いかが》ですか？　今もままならないままでしょうか？

少しでも、ほんの少しでも良いから、漸進していることを願っています。

多少、仕事には慣れてきましたが、終業後、疲れ切って気力も湧かない日々は変わっていません。近頃は学生の頃以上に、読書に救われている気がします。

お薦めされた二冊を読みました。久しぶりに愛とは何なのか考えさせられました。

奈々さんに傑作という言葉を使われてしまったので、僕からも質問させて下さい。

三上延《みかみえん》先生の『ビブリア古書堂の事件手帖《てちょう》』は読みましたか？　ド級の傑作です。

平成最強のヒロインは、篠川栞子《しのかわしおりこ》で更新されたと言わざるを得ません。

君は売れている本を避ける傾向にありますが、未読は人生の損失と断言します。

二〇一三年三月二十五日　有野宗司

拝啓　有野宗司様

気付けば、この一年に一度のささやかなやり取りも、七通目ですね。

あなたから届いた三通の手紙を、時々、読み返しては勇気をもらっています。

宗司君が「十五年後もお互いに独身だったら結婚しようか」と言ってくれた時、私は冗談のつもりで聞いていました。多分、あなたもそういう気持ちで軽く口にしたと思うし、十五年後の自分なんて、二十二歳の私には想像出来ていませんでした。

でも、来年には、もう折り返しなんですね。光陰矢の如《ごと》しで怖いです。

二十代も終わろうかというのに、私は未《いま》だに恋人がいません。そんな身で、この話をするのは勇気がいるのですが、またしても素敵な本を見つけてしまいました。

星奏《せいそう》なつめさんという作家の受賞作『チョコレート・コンフュージョン』です。帯に書かれていた通り、私はベッドの中で足をバタバタさせながら読んでしまいました。男性に、それもミステリガチ勢の宗司君にこそ、むしろ薦めたくなりました。

二〇一六年三月二十五日　菱津川奈々

拝啓　菱津川奈々様

十五年、折り返してしまいましたね。信じられないことに三十歳です。

今日も鏡を見て、白髪が増えてきたことに落ち込みました。それはさておき、ご安心下さい。奈々さんを差し置いて、僕一人が幸せになったりはしません。というのは強がりというか、恰好《かっこう》つけただけですが、やっぱり恋人は出来ていません。

そうだ。一つ、思い出しました。年の瀬だったでしょうか。

新潟駅南のけやき通りでイルミネーションを見上げていた女性が、奈々さんに似ていたんです。営業車を運転中だったから確信はないんですけど。クリスマス前だったし、年末年始の帰省にしては早いですよね。見間違いだったら、ごめんなさい。

そう言えば、去年、メディアワークス文庫から『風歌《ふうか》封想《ふうそう》』という変なタイトルの往復書簡の小説が発売されていました。期待せず読んだんですが、僕らがやっていることにちょっと似ていて笑ってしまいました。

それでは。今年もお元気で。

二〇一七年三月二十五日　有野宗司

拝啓　有野宗司様

気付けば、十一通目の手紙になりました。

信じられないけれど、卒業から、もう十年以上経つわけで。変化がない方が不自然だと思いますが、今年は定型文としてではなく、文字通りの意味で、お聞きします。

体調は如何ですか？　お変わりないでしょうか。

未知のウイルスで突然大変なことになってしまい、怖いです。気付くのが遅れたせいで、花粉症対策のマスクすら買えていません。緊急事態宣言でしたっけ。本当に発令されるんでしょうか。一ヵ月前は世界がこんなことになるなんて夢にも思っていなかったし、正直、これから世の中がどうなっていくのか想像がつきません。

どんな時代になっても。宗司君と、宗司君の大切な人たちが、笑顔で生きていける世界であるよう、切に願っています。

私も、負けずに、頑張ります。

二〇二〇年三月二十五日　菱津川奈々

拝啓　菱津川奈々様

これは、まだ十二通目の手紙です。約束の三十七歳まで三年もあります。でも、新型コロナウイルスで文字通り世界が変わってしまって。当たり前なんて簡単に壊れてしまうのだと思い知って。自分の愚かさに、ようやく気付けました。

一年間、真剣に考えてきました。やはり、もう言葉にしないわけにはいきません。

奈々さん。僕は君に一人の人間として惹《ひ》かれています。

大学で出会ってすぐに、僕の心は君の笑顔と哲学に囚《とら》われました。

それなのに卒業を迎えてもなお告白出来なかったのは、君と友達ですらいられなくなることが怖かったからです。僕は自分に自信がなかった。君に相応《ふさわ》しい男だとは思えなかった。だから成長して見合う男になろうと努力を続けてきました。東京で働く君に、これを伝えるということが何を意味するのかも、分かっているつもりです。

とはいえ急にこんなことを言われても困りますよね。どうか一年間、ゆっくり考えて下さい。僕の気持ちはもう変わりません。ただ、君を失いたくないのです。

二〇二一年三月二十五日　有野宗司

拝啓　有野宗司様

返事を書こうと決めていた今日、退社後に書店に寄りました。大学時代に感想を語り合った本の発売日だったからです。紅玉《こうぎょく》いづき先生の『ミミズクと夜の王』がメディアワークス文庫で復刊しました。往々にして好ましくない変化ばかりの世の中だけれど、変わらないもの、変わらずにいてくれるものもあるのだと勇気をもらい、ペンを持ちました。

宗司君に謝らねばならないことがあります。何年も言えずにいたことがあります。五年前の手紙で、けやき通りで私を見かけたと書いていましたね。年末年始の帰省にしては早いから見間違えかもしれないけれどって。その時、あなたが見たのは私で間違いないと思います。その少し前に、退職して新潟に戻っていたからです。

郵便物の転送期間は、申請すると何度でも延長出来るんです。新潟に帰っていたのに、同じ街に住んでいたのに、どうしても打ち明けられず、答えを誤魔化して、やり取りを続けていました。ひとえに告げるべき言葉を告げる勇気がなかったからです。

私は両親が四十代も後半になってから生まれた一人娘でした。そして、大学二年生の夏に、父を亡くしています。就職活動をしていた時から、高齢の母のことは心配だったのですが、追いかけたい夢もあり、私は東京に出ました。

そういう思いで勤めた会社を退職し、新潟に戻ったのは、家族の介護のためです。一骨折による入院がきっかけとなり、母の認知症が急激に進んでしまったのです。一人で生活出来る状態ではなく、さりとて施設に入ることも出来ず、私が介護するしかありませんでした。もともと夢には破れていたようなものでしたから、退職に後悔はないのです。ほかに選べる道なんてなかったし、家族は何よりも大切ですから。

宗司君が伝えてくれた告白の意味を分かっているつもりなので、正直に書きます。私もあなたに惹かれていました。出来れば今すぐにだって会いたいです。

でも、私はこれから何年も、もしかしたら何十年も、認知症の母を支えなければなりません。私は、私の人生が、これからどれだけ大変になっていくか、想像出来ます。現時点でも、何もかもを放り出したくなる瞬間があるほど、苦しい毎日だからです。優しい宗司君に迷惑を掛けられません。この苦しい人生にあなたを巻き込めません。

きっと、あの約束から十五年が経っても私は独身だけれど、結婚は出来ません。

ごめんなさい。せめてあなたには、心を病まずに、幸せになって欲しいです。

二〇二二年三月二十五日　菱津川奈々

拝啓　菱津川奈々様

　大人になるのも悪いことばかりではありませんね。

　あの『タイム・リープ　あしたはきのう』を新装版で読める日がくるなんて、夢にも思っていませんでした。高畑京一郎先生の本を発売日に買えるなんて、つくづく幸せなことだと感じます。

「どうか一年間、ゆっくり考えて下さい」という僕の言葉を、奈々さんは聞き届けてくれましたね。だから、僕も、自分の気持ちが一時的なものではないと証明するために。それを君に理解してもらうために。すぐにでも喋《しゃべ》りたい気持ちを堪《こら》えて、この一年間を生きてきました。

　三十六歳。約束にはまだ一年早いですが、もう一度、正直な気持ちを聞いて下さい。

　実は僕にも何年も言えていないことがありました。本当は、奈々さんの家族の事情を知っていたということです。新潟市は狭いとは言えない街です。僕らは大学に入るまで知り合いですらなかったわけですが、それでも聞こえてくる噂《うわさ》はあります。

　手紙で伝えられる前から聞き及んでいました。君が新潟に戻っていることも、お母さんの世話で苦労していることも、何年も前から知っていたのです。

ずっと、言いたかった。僕じゃ駄目かと聞きたかった。

だけど、「十五年後」と言った手前、本当に情けない話だけれど、伝えられませんでした。住所が変わったことを伝えてこないのだから、君は家族の話を知られたくないのだ。察した気になって、臆病な自分の不甲斐《ふがい》なさに目を瞑《つぶ》っていたのです。

奈々さん。僕はそういう男気の希薄な人間です。

でも、だからこそ断言出来ます。

有野宗司は、突発的な感情で、考慮もしていない未来を、語ることはありません。

立ち止まって、しっかりと考えてから、君に想いを伝えています。

僕のことを少しでも良いと思っていてくれているなら、どうか遠慮しないで下さい。

大好きな人に期待されないことは、きっと、人生で最上級の不幸です。

僕は、君と、君の大切な人を、支えたい。

まだまだ続くこれからの人生を、一緒に生きていきたいのです。

お願いします。どうかもう一度、僕と会って下さい。

二〇二三年三月二十五日　有野宗司

拝啓　有野宗司様

最後の病室で「君は長生きしてね」と言われたのに、ごめんなさい。あなたがいない毎日なんて耐えられません。だから、すぐに後を追おうと決めていました。思い出せる限りの思い出を振り返って、幸せだった日々をもう一度嚙《か》み締《し》めて、反芻《はんすう》出来る記憶がなくなったら、あなたと同じ場所に向かおうと決めていました。

断捨離なんて言葉が可愛《かわい》く思えるくらい何もない部屋で、ただ、あなたのことを思い出すだけの日々を始めてから、もうすぐ一年が経ちます。

どうしてでしょう。たった三十年です。あなたと過ごせた日々は、たった三十年しかなかったのに、思い出が尽きません。あなたと生きた日々がどれだけ幸せだったのか、こんな形で思い知ることになるなんて、夢にも思っていませんでした。

宗司君。私をあなたの妻にしてくれて、本当にありがとう。一人きりになってしまったのに、あなたがくれた人生が幸せだから、まだ死ねません。

あなたが思いきり愛してくれたから、きっと、私は笑顔で明日を生きます。

二〇五四年三月二十五日　有野奈々

いざ、さらば

村瀬健

今こそ、わかれめ——。

定番の卒業ソングを口ずさみながら、隣の男子生徒が目頭を押さえている。私の前の女子は声を詰まらせ、体育館の至るところから洟《はな》をすする音が耳に届く。

泣いている人に、強烈な嫉妬を覚えた。私は、目を閉じた。でも、思い出が瞼《まぶた》の裏に浮かんでこない。私には、卒業式で泣けるだけの思い出がない。就職面接で、「高校生活一番の思い出は？」と質問されて、答えられなかったのだ。

高校入学時、咲き誇る桜を見ながら、高校生活こそ楽しいものにしよう、と意気込んだ。特徴を出そうと、前髪を一直線にそろえた。入学初日の自己紹介で、無理して面白いことを言った。下の名前で呼んでもらおうと、勇気を出して、ロッカーの名前シールに「理彩《りさ》」と書いてみた。

でも、中学同様、誰にも相手にされなかった。友達はできず、たまに話しかけられても、「宮本《みやもと》さん」と名字で呼ばれた。

いじめられたわけではない。とりたてて、嫌われていたわけでもないだろう。

生まれ持った、影の薄さ。

陰キャがゆえに、無味無臭の存在として、ただただそこにいない者として相手にされなかったのだ。

周囲のすすり泣きが大きくなるにつれて、嫉妬が焦りに変わった。

私の青春とは、いったい何だったのだ——。

少し遅れて、焦りが孤独に変化する。自分がこの場にいてはいけないような気がして、私のように泣いていない仲間を探そうと、きょろきょろする。

誰かがスマホ片手に、慌ただしく出ていくのが見えた。保護者席に座っていた、私の母親だった。私の母親は、ケアマネージャーをしている。利用者から、緊急の連絡が入ったのだろう。

「卒業生、退場」

すべてのプログラムが終了し、卒業生がぞろぞろと体育館を出ていく。廊下の窓や壁に、色とりどりの装飾がされている。真っ白な鳥が羽ばたく装飾が目に入ると、付きまとう孤独感が強くなる。そのつらさを悟られたくない気持ちと、誰かに理解されたい気持ちとを同時に抱きながら、見慣れた教室が近づいてきた。

教室の外に、「理彩」と名前シールが貼られた私のロッカーがある。登校最終日だというのに、私はまだロッカーを片づけていない。先日、片づけようとしたが、何もいいことがなかった高校生活に未練があって、手が止まっていた。

ロッカーの扉の裏側には、サインペンで、小さくこう書かれてある。

『私は、ここにいた』

最初にこの文章を見た時、ただの落書きだと思ったが、今の私にはこれを書いた先輩の気持ちがよくわかる。私と同じように、この学校にいい思い出がなかったのだ。自分が存在した証《あかし》を残したくて、ロッカーに書き残したのだ、きっと。


「――というわけで、みんなは今日、この学校を巣立っていくわけだが」

高校生活、最後のホームルーム。若い担任が、いつものホームルームとは違うトーンで、別れの言葉を述べている。

「進学する者が多いだろうが、就職する者も、腐らずがんばるように」

私は、都内の製菓会社への就職が決まっている。本当は進学したかったが、父親が五年前に病死していて、家は貧しい。三つ下の弟は大学に行きたがっているし、進学したいと、母親に言い出せなかったのだ。

悪気なく孤独を助長してくる担任の話に耐えられず、気をそらそうと、卒業アルバムを開く。だが、集合写真以外に、私が写っている写真はない。ページに目を凝らしていると、一枚だけ私が隅に写っている写真があった。林間学校で訪れたキャンプ場で、満面の笑みでピースをする生徒の後ろで、私が石の上に腰を預けている。班のメンバーが、コミュ力全開で、役割分担をして鉄板焼きの準備を進める中、手持ち無沙汰の私は薪《まき》に息を吹きかけて自分の存在を主張している。汚れた軍手を着ける私はやけに貧相で、笑顔でピースをしている生徒は全員、高校卒業後に進学する。この写真の構図が残酷なヒエラルキーを示しているようで、怖くなってアルバムを閉じる。

別れの挨拶を終えた担任が、起立の号令をかけた。最後の礼を終えると、みんな感慨深げに仲間のもとへ歩み寄り、スマホでパシャパシャ記念の写真を撮っている。

「みんなぁ、卒業アルバムに、何か書いてぇ」

誰かがそう叫んだのを皮切りに、「俺も、何か書いてくれ」「私も」と教室の至るところで声が上がる。卒業アルバムの最後のページは、フリースペースになっている。

教室にはもう用事はないのに、誰かが声をかけてくるのを待ち望み、席に座ったままスマホを触る。「一緒に、写真を撮らない?」という誘いも期待して意味なくネットニュースを眺めていたが、誰も一向に声をかけてこない。

「宮本さんも、よかったら書いて」

クラスメイト全員に書いてもらったという証がほしいのか、ほとんど接点のないクラスメイトが、開いたアルバムのページを差し出してきた。正直、そんな理由でもうれしかったが、フリースペースに埋め尽くされた言葉を見て愕然《がくぜん》とする。

『元気でね、沙織《さおり》！　またカラオケ行こう！』

『沙織と同じ班だった林間学校は、最高の思い出。うまかったよな、あの鉄板焼き！』

『てか沙織、私と同じ大学だろ！　またすぐに会うし、ここで別れは言わないよ（笑）』

この二ページに、私がほしかったものすべてがある。「高校生活を満喫しました！」と言うかのごとく、言葉の隅々に、ページから飛び出してきそうな躍動感がある。

私は、卑屈な内面を悟られないよう口元に笑みを浮かべ、右下に残ったわずかな空白に、「元気でね。宮本理彩」と書いた。機に乗じて、その子に私のアルバムにも書いてもらおうと勇気を振り絞ろうとしたが、彼女はアルバムをパチンと閉じるや、私に興味をなくしたように場を離れ、仲間と記念撮影を始めている。

周囲の楽しそうなざわめきが、遠くにあるように聞こえた。居心地の悪さに耐えられず、私は席を立った。この期に及んで、もしかしたら誰かが声をかけてくるかも、と期待して、心持ちゆったりとした足取りで教室を出ていくが、人が寄ってくる気配は微塵《みじん》も感じられない。

「ファミレスって、何時集合だっけ？」

「一時。カラオケは、夕方から行くみたいよ」

廊下ですれ違う生徒の会話が、耳に痛い。私は、誰にも誘われていない。

「卒業旅行は、行くの？」

「沖縄に行く！」

耳に言葉が届くたびに、気持ちがずんと沈んでいく。就職組の私はもう、来週から職場の研修が始まるのだ。

いつも歩いていた廊下が、普段よりも長く感じられる。気の遠くなるような孤独感を抱いて昇降口を出ると、大勢の在校生が、造花で彩られたアーチを掲げている。

「ご卒業、おめでとうございまーす！」

在校生の笑顔の圧に押されて、私はアーチをくぐった。在校生の後ろに保護者がずらりと並んでいて、やってきた卒業生に紙吹雪を撒《ま》いている。

保護者の中に、私の母親はいない。それが寂しくもあるも、ぼっちの姿を見られずに済んだ安堵感《あんどかん》のほうが強い。

アーチは、正門まで続いていた。正門が近づくにつれて、底が知れない寂しさが込み上げてきた。あの門の外に出ると、青春が終わりを告げるような気がしたからだ。

もう後戻りできない現実を嚙《か》み締《し》めると、恐怖にも似た強烈な後悔で、背筋に冷たいものが走った。それほどまでに、あの門を越える意味は重い。

正門まで残り数歩というところで、踏み出す足がぴたりと止まった。右肩に付いた紙吹雪を不機嫌そうに払いのけ、私はアーチを途中で抜けた。

茶道部の部室を背に、いつもの木製ベンチに腰を下ろした。視線の先に、中庭のシンボルツリーとして、巨大なクスノキがそびえ立っている。クスノキを取り囲むように、円形状にベンチが等間隔に設置されている。

中庭の隅にぽつんと置かれたこのベンチは、お気に入りの居場所だ。樹木でほどよく光が遮られ、喧噪《けんそう》から離れた静けさが心地いい。茶道部の窓が開け放たれていると、イグサの香りが鼻に届いて心が休まってくる。

クスノキの木陰で、卒業する男子生徒に誰かが告白している。私は、ひとつ上のサッカー部の先輩が好きだった。去年の卒業式の後、クスノキの下で誰かが彼に告白する姿を、臆病な私はこのベンチからただただ眺めていたのだ。

自分の不甲斐《ふがい》なさを思い出して、天を仰ぐ。急に居心地が悪くなって腰を上げると、花壇に水をやっていた校務員さんと目が合った。私は、こんにちは、とお辞儀をする。

「卒業、おめでとう」

水やりの手を止めて、校務員さんは私に歩み寄ってきた。五十代半ばぐらいの女性で、校内で見かけた際、挨拶を交わすだけの間柄だが、私を知ってくれているようだ。

「卒業したら、進学するの？」

私のそばに来た校務員さんが、微笑《ほほえ》みかけてきた。

「……いえ。都内にある、小さな製菓会社に就職します。事務の仕事です」

「そう。素敵な仕事じゃないの。がんばってきな」

励ますような口調で述べて、校務員さんは私をしみじみと眺めてくる。

向けてくる眼差《まなざ》しが、とても優しい。人生経験豊富そうなこの校務員さんなら、何を話しても受け止めてくれるのではないか、と思えてくる。

「……今日で学校を卒業なのですが、正直、学生生活に、あまりいい思い出がなくて」

気づいた時には、言葉が勝手に口から滑り落ちていた。

「部活も何もしていませんし、私の青春って、いったい何だったのかなと思って……」

語尾が小さくなりながらも、胸につかえている感情を、正直に打ち明けた。溜《た》まっていたものを吐き出して、心が幾分晴れたような感覚を抱く。

そんな私に、校務員さんはあっけらかんと言ってのけた。

「まあでも、青春ってのは、そんなもんじゃないかしらね」

「……」

「私もいい思い出なんてないわよ、学生時代に。家が貧しかったからずっとバイトしてたし、高校の卒業式の時に好きな子に告白したけど、全然相手にされなかった。隣の芝生が青く見えてるだけで、いい学生生活を送れなかった人は、意外と多いものよ」

「……」

「ちなみに学生時代、私はなんて呼ばれてたと思う？　カバよ、カバ。顔がカバに似てるからって、中学も高校もそう呼ばれてたの。失礼しちゃうでしょ」

言葉を交わしながら、この校務員さんは、優しい人だな、と思った。自分を下げることで、私を慰めようとしているのが伝わってくる。

「ところで、ご両親は今日、お見えになっていないの？」

「……うちには、お父さんは、いません」

家庭の事情をかいつまんで話すと、校務員さんは神妙な顔をする。

「お母さんは、ケアマネージャーの仕事をしています。でも仕事が忙しくて、今日も式に来てくれていたのですが、途中で電話がかかってきて、いなくなってしまって」

「……そう。そのことに対して、あなたはどう思った？」

「……正直、イヤなお母さんだな、って」

「まあ、そう思うだろうね、普通は。でも、こうも思えないかな。仕事への、使命感が強いお母さんだな、って」

「……使命感？」

「そう。子供の卒業式を抜け出したぐらいだから、お母さんも、娘に悪いことをした、と思ってないわけないわ。ただ同時にそれは、娘の卒業式よりも、優先しなければならない使命があるということよ。介護は、社会的使命の強い職よ。あなたは寂しいと思うかもしれないけど、あなたのお母さんは仕事への使命感が強い人なのよ、きっと」

「……校務員さんは、お仕事、楽しいですか？」

尋ねると、校務員さんはにっこりと微笑む。

「私は、ここの生徒が成長していく姿を見るのが好きなの。生徒たちには誰ひとり欠けず、元気に巣立っていってほしい。私はただの校務員に過ぎないけど、生徒の成長のために丈夫な巣をつくっていくのが、私の使命」

「…………」

迷いのないまっすぐな言葉に、胸に突き上げてくる感情があった。

冬の寒い朝に、校務員さんが、便器に手を突っ込んで磨いているのを見たことがある。なんとなく通り過ぎていた記憶の断片が、違う意味をともなって胸に迫ってくる。

「……高校を卒業したら、いいことありますかね？」

自信なさげに訊《き》くと、「あります」と、校務員さんはきっぱりとした口調で言う。

「明日が、現在の延長線上にあるとはかぎらない。生きていたら、いいことが思いがけず起きたりするの。精神的につらい時に考えてしまう明日は、過去の複製でしかなく、不安に満ちたものになりやすい。明日のことは、明日の自分が解決してくれる。それぐらいの気楽な気持ちで生きていけばいいのよ」

「……」

「あなたなら、必ずうまくやれます。だってあなた、私に会うといつも、挨拶してくれてたでしょ？」

「えっ」

「校務員に挨拶してくれる生徒は、ほとんどいないの。でも、あなたは違った。朝眠い時も、体育終わりで疲れている時も、いつも私に、おはようございます、こんにちは、って。他にも、あなたが倒れている屑入《くずい》れを起こし、ゴミを拾い上げている姿を見たことがある。こんな素晴らしい子が成功しないで、誰が成功するというのよ」

「……」

「だから、胸張って行ってきなさい。あらためて、卒業おめでとう。私の中では――」

照れくさくて伏し目がちになる私に、校務員さんは最後に、力強い口調で告げた。

「あなたが、首席です」

校務員さんに感謝の言葉を述べて、私は教室に向かった。私には、やり残したことがある。ロッカーをまだ、片づけていないのだ。

校舎の中にはもう、ほとんど生徒は残っていない。教室の前に着いたその時、誰かがゆっくりと階段を上ってくる足音が聞こえてきた。

「……理彩」

現れたのは、私の母親だった。

「ごめんね、理彩。途中で、式を抜けてしまって。遅くなって、本当にごめん」

母親は今日、フォーマルなセレモニースーツを着ている。無理して高価な服を着ているのが透けて見えて、正直、似合っていない。

「それと、ずっと忙しくて、あなたにきちんと言えてなかったけど」

母親はそこで言葉を止めて、申し訳なさそうな顔をする。

「本当は大学に行きたかったんでしょ。……ごめん。私が、もっと働いていたら」

母親の口から、色の濃い銀歯がちらりと見えた。お金に余裕があれば、もっといい歯を入れられただろう。

歳《とし》のわりに、顔に皺《しわ》も多い。子供二人を育てるのに手一杯で、月に一度、マッサージに行くのが唯一の楽しみなのだ。

休日も、あってないようなものだ。深夜に電話があって出向くことも、度々ある。

それなのに毎朝、私と弟のために、お弁当をつくってくれた。

洗濯をしてくれた。

参観日にも来てくれた――。

「……お母さん」

私は、母親に一歩近づいた。

「あなたの娘は今日、この学校を無事、卒業します」

言葉を発しながら、声が震えを帯びていった。私は、想《おも》いのすべてを瞳に込めて、
深々と頭《こうべ》を垂れた。

「私を、ここまで育ててくれて、ありがとうございました。本当に、ありがとうございましたっ」

涙が、頬を伝った。母親への感謝と尊敬の念で、いつまでも顔を上げられなかった。

あおげば、とうとし――。

中庭で、合唱部がクスノキを囲むように並び、アカペラで歌っている。

　このクスノキは、昭和《しょうわ》の卒業生が寄贈した記念樹らしい。年月を重ね、これほどまでの大木に成長した姿を見たら、先輩方はどう思うのだろう。

「宮本さん！」

　一階の渡り廊下から、見覚えのある女子生徒が駆け寄ってきた。きょとんとする私に、開いた卒業アルバムを差し出してくる。

「宮本さんにも、アルバムに何か書いてほしくて」

「………………」

　彼女とは、二年の時に同じクラスだった。それほど親しくはなかったけど、好きな漫画の話で何度か言葉を交わしたことがある。

　私は、差し出されたページに、言葉を書き記した。そして、「私も、お願いしていいかな」とアルバムを差し出すと、彼女はにこりと微笑み、丁寧な字で書いてくれた。

『またいつか、漫画の話ができたらいいな』

　真っ白のページを見せるのは恥ずかしかったけど、勇気を出してよかった、と思う。

　そびえ立つクスノキを眺めていると、胸に込み上げてくる感情があった。私が今いる場所と、いつも座っていた隅のベンチとは、十メートルも離れていない。少し勇気を出して居場所を変えるだけで、心の風景ががらりと変わるのだ。

中庭を抜けて、正門に向かって歩き始める。

私は先ほど、ようやく自分のロッカーを片づけた。ロッカーを閉める際、扉の裏に書かれた『私は、ここにいた』の文字の下に、私はこうしたためた。

『私も、ここにいた』

正門が、見えてきた。

私の母親はすでに、仕事に向かった。また電話がかかってきて断りそうな気配だったので、私がお願いして行ってもらった。後で合流し、食事をすることになっている。

私の母親も、先ほどの校務員さんも、まっすぐな人だ。私も、まっすぐに進もう。

今日みたいな出来事が、また起きるとはかぎらない。でも、起きないともかぎらない。だから、明日のことは明日考えよう。

合唱部の歌声を遠くに聞きながら、私は正門から一歩を踏み出す。

今こそ、わかれめ――。

勇気を出せなかった、卑屈な自分に。

いざ、さらば。

超能力者じゃなくたって

こがらし輪音

野球部の練習後、グラウンドのトンボ掛けと着替えを済ませて帰路に就いていた俺は、通学路ではしゃぐ同級生女子の姿を見て顔を顰《しか》めた。

「……何やってんだ、彩子《あやこ》」

より正確に言うと、俺が顔を顰めた理由は、彼女たちの周囲にふわふわと漂う四つの鞄《かばん》を見たためだ。

それらの中心に立つ、黒髪をポニーテールにした素朴な女子高生——江洲《えす》彩子は、振り返ってこちらを見るや、俺と同じかそれ以上に露骨に眉根を寄せた。

「げっ、理人《りひと》……」

友人たちの好奇の視線を気に掛けてか、彩子は咳払《せきばら》いを一つすると、涼しげな表情を作って答える。

「何って、見れば分かるでしょ。みんなの荷物を持ってあげてるんだよ」

言いながら彩子は、宙に浮かせた鞄をクルクルと廻《まわ》した。太陽の周りを漂う惑星のように、そして自分の力を誇示するように。

それを見た友人たちは、小さな歓声と拍手で超能力者の彩子を讃《たた》えた。

「アヤちゃんの超能力、マジすごいよねー。こんなたくさんの鞄を軽々浮かせちゃうんだから」

「ホントホント！　同じ高校って知った時、私めっちゃ興奮したし」

「しかも全然偉ぶったりしないし、むしろ気さくで良い子なんだもんねー」

「えへへー、それほどでも……ん？」

彩子が不思議そうな声を上げたのは、大股で歩み寄った俺が、宙に浮いている鞄を手に取ったからだ。

唐突に鞄を取り上げられ、彩子は友人と同様にキョトンとした表情で尋ねてくる。

「な、何すんの、理人？」

「力の使い過ぎだ。お前、さっきも先生に頼まれてグラウンドの指令台とかサッカーゴールを動かしてただろ」

俺は両手に持った鞄を友人たちの前に差し出し、努めて厳しい口調で言った。

「自分の荷物だろ、自分で持って帰れ。すごい力を持っているからって、疲れないわけでも傷付かないわけでもないんだぞ」

友人たちはお互いに顔を見合わせると、申し訳なさそうに眉尻を下げ、各々の鞄を受け取った。

「ん、そっか……そうだよね」

「ごめんアヤちゃん、無神経だった」

「そっ、そんな謝らないでよ！　私は全然平気なんだから……」

頭を下げる友人に、彩子は慌てふためいた様子で両手を振り回した。

再び顔を見合わせた友人たちは、今度は悪戯《いたずら》っぽい笑みを湛《たた》え、示し合わせたように三人揃《そろ》って彩子との距離を置いた。

必然、俺と彩子が二人きりで並ぶ形になる。

「それじゃ、お邪魔しちゃ悪いし、私たちはここいらで」

「え、ちょ、ちょっと待ってって！　理人とはただの幼馴染《おさななじみ》でそんな関係じゃ――」

彩子の弁解も虚《むな》しく、三人は足取り軽やかに歩き出す。

「またまたー、お互いに名前呼びしといて白々しいですぞ」

「そうそう、何事も小さい積み重ねが大事なんだからね」

「じゃ、また明日ね、アヤちゃん。いい報告を期待してるよー」

そう言い残す三人の姿はあっという間に遠ざかり、後には俺と、じっとりとした目付きでこちらを見上げる彩子だけが残された。

敢《あ》えて視線を背ける俺に、彩子はねちっこい恨み言をぶつけてくる。

「……あんたのせいでみんなに変な誤解されたんですけど……」

「知るか。これ以上誤解されたくないならさっさと帰れ」

「言われなくてもそうしますよーだ！　……あ、あれ？」

ふくれっ面で踵《きびす》を返《かえ》した彩子は、三歩と進む前に足元をもつれさせてしまった。

ガードレールを支えに辛《かろ》うじて転倒を免れ、ごまかすような照れ笑いを浮かべる。

「え、えへへ、なんか立ちくらみしちゃった……」

平静を装う彩子の額には、この季節にしては不自然な汗が滲《にじ》んでいる。

俺は溜息《ためいき》を一つ吐《つ》き、彩子の傍《そば》で片膝をついた。

「ほら、乗れ」

「え？　乗れって……」

ポカンと立ち尽くす彩子が焦《じ》れったく、俺は早口で言った。

「だから言っただろ、力の使い過ぎだって。疲れてんだろ、家まで送ってやるよ」

「いっ、いいって！　ちょっと休めばすぐ元気になるから……」

「こんな道端で休んでたら迷惑だろ。もうじき陽《ひ》も落ちる。いいから乗れ、どうせ通り道だ」

頑《かたく》なに拒もうとする彩子に、俺は重ねて催促した。もっとも超能力者の彩子が暴漢に襲われる光景は想像し難《にく》いが、具合の悪い幼馴染を放って帰るのも気が引ける。

彩子は複雑そうに口元を引き結びながらも、やがて観念したように俺の背に体を預けてきた。

俺は二人分の通学鞄を腕に通すと、スカート越しに彩子の膝裏を支えつつ、ゆっくりと立ち上がる。

俺の胸の辺りを不器用に掴《つか》む彩子は、不服そうに呟《つぶや》いた。

「……汗臭い」

「文句言うな、バカ」

「ちょっと、変なところ触らないでよ」

「触ってねぇよ」

感謝の押し売りをするつもりはないが、クレームを付けられる謂《い》われもない。

彩子を背負いながら黙々と歩いていると、同じように帰路につく子供たちが好奇心に満ちた目でこちらを見てきた。

「ラブラブだー！」などと言って逃げていくクソガキに出くわした直後、彩子は消え入りそうな声で申し出た。

「ねー、やっぱり下ろしてよー、恥ずかしいよー……それに、お……重いでしょ？」

「気にすんな、想像してたほどじゃねぇよ。……いってぇ!?」

突如として脳天に衝撃が走り、俺は素っ頓狂な声を上げてしまった。

感触から察するに、彩子が俺の頭に手刀を落としたようだ。

俺が抗議する間もなく、彩子はおぶられたまま両手でポカポカと殴ってくる。

「想像してたって何!? あんた、いつも私のことそんなヘビー級女だと思ってたの!? バカ！　セクハラ！　変態！」

「何で俺が怒られてんだよ！　じゃあ素直に『重い』って言えばよかったのか!?」

「うっさい！　素直って何!? 最低、ノンデリバカ理人！　バカバカバカ！」

罵声と拳だけでは飽き足らず、彩子は超能力で操った小石まで俺の頭めがけて落としてくる。手を放して落としてやろうかよっぽど迷ったが、俺は半ば意地になって彩子を背負い続けた。

ひとしきり攻撃して気が済んだのか、大人しくなった彩子に、俺は徐《おもむろ》に切り出した。

「お前さ、超能力をああいう使い方するの、いい加減やめろよ」

彩子の不可解そうな視線を後頭部に感じながら、俺は続ける。

「彩子、力を使ってほしいって言われた時に絶対断らないだろ。そんなだからさっきみたいに荷物持ちのパシリにさせられるんじゃねぇの？」

「リンちゃんたちのことをそんな風に言わないで！　荷物持ちは超能力の練習を兼ねてやってただけ！　みんな本当に良い子なんだから！」

声を荒らげて反駁《はんばく》する彩子とは対照的に、俺は静かに指摘する。

「でも、お前が疲れていることに、友達は誰も気付いていなかっただろ」

「それは……そりゃあ、私が何も言わなかったってのもあるし、友達だからって何でもかんでも気付けるわけじゃないし……」

今度の彩子の反論は、打って変わって歯切れの悪いものだった。

やがて彩子は深呼吸を一つしてから、きっぱりと言った。

「気にしてくれてるのは有り難いけどさ、本当に大丈夫だから。いじめとかパシリとかそんなんじゃないから。自分のことは、自分が一番よく分かってるから」

「そうか。まぁ、お前がいいならそれでいいよ。何となく気になったから一応言っといただけだ」

俺は肩を竦《すく》め、そう適当に話を打ち切った。

彩子の答えはなかったが、先ほどまでの刺々《とげとげ》しい空気は幾分か和らいだ気がした。

一分ほどの沈黙の後、次は彩子が口火を切った。

「何ていうか、久しぶりな気がする。理人とこんな風に話すのって」

「そりゃや、高校生にもなったらそんなもんだろ。別に付き合ってるわけでもないのに男女でベタベタするのも変な話だし」

淡々と応じる俺に、彩子は奥歯に物が挟まったような声音で言った。

「そうなんだけど、それだけじゃなくて。私、理人に嫌われていると思ってた。その……例の大会のことで」

「ああ……別に昔のことだし、もう何とも思ってねぇよ」

お互いに曖昧な言い方をする程度には、非常に複雑な思い出だ。

中学校最後の野球大会の決勝戦。俺たちのチームは九回裏を二点ビハインドで迎えたものの、ツーランナーでバッターボックスに立った俺のホームランで三点を獲得し、逆転勝利を収めた。選手も観客も目を見張り、俺を賞賛する中、当の俺一人だけが胸焼けのような不快感を抱いていた。

その原因は他でもない、応援に来ていた江洲彩子その人だった。

『優勝おめでとう、理人！　すごく格好よかったよ！』

通用口で待ち構えていた彩子の賞賛に対し、俺は低い声で問いただした。

『彩子だろ、俺の打球を超能力でホームランにしたの』

『え……な、何でそんなこと訊《き》くの……？』

明らかに動揺した彩子の反応で、俺は確信に至った。

俺の打球は、良くてファール、悪くてアウトからのゲームセットになるような凡フライの手応えだった。にもかかわらず不自然な軌道でホームランになった、その理由の心当たりを俺は一人しか知らない。

当然、勝利の喜びなどあるはずもなく、俺は語気荒く彩子に詰め寄った。

『何でそんなことしたんだよ！』

『何でって……理人がどうしても優勝したいって言うから……』

『余計なことするなよ！　俺たち自身の力で優勝しなきゃ意味ないだろ！』

おろおろと精彩を欠く彩子の言い訳は、俺の気分を逆撫《さかな》でする結果にしかならない。

険悪な空気に耐えかねた彩子は、瞳に涙を滲ませて言い返してくる。

『何で私が怒られなきゃならないの⁉　理人のチーム、負けそうだったじゃん！　私、負けて悲しむ理人を見たくなかったんだもん！　私だって理人の力になりたかったんだもん！』

『だからそれが迷惑なんだっつってんだよ！　もう中学生なんだから分かれよ、それくらい！』

俺は深く息を吸った後、運動場中に反響するほどの大声で彩子に怒鳴った。

『超能力者だからって、何でもかんでも自分の思い通りにしようとするなよっ！』

記憶に蓋をして判然としないけど、あの時に泣いていたのは、多分俺も同じだった。

　青々しく苦々しい思い出に浸る俺に、彩子は追い打ちを掛けてくる。

「あの言葉、結構ショックでさ。結局その日から理人は全然口を利いてくれなくなるし、超能力も思うように使えなくなって、また前みたいに使えるようになるまで大変だったんだよ」

「仕方ねぇだろ、そういうもんなんだよ男子って。女子みたいにいつの間にか仲直りするってのは難しいんだ。俺、彩子に『お前が弱いから超能力で手助けしてやった』って言われたようなもんなんだぜ」

　俺が大袈裟《おおげさ》にむくれて見せると、彩子は存外真剣な口調で応えた。

「うん。あの時のことは、今はもうちゃんと悪かったと思ってる。遅くなったけど、ごめんね、理人」

「だから気にしてねぇって。俺も言い過ぎたと思ってるし」

　年相応の淡白な和解を挟んだ後、俺はずっと言いそびれていた言葉を口にした。

「ただな……正直ちょっと心配なんだよ。彩子が頼まれ事を喜んで引き受けるのは、あの時に俺がお前の超能力を否定した反動なんじゃねぇかって。そして、人より大きい力を持っているお前は、いつかあの時みたいにズレた義務感で取り返しのつかないことをしちまうんじゃねぇかって」

背中の彩子が小さく息を呑《の》んだことに気付かない振りをしながら、俺は続ける。

「だから、もしお前が今でも『力を持っているから何かをしなきゃいけない』って思い詰めてるなら、そんなことはねぇと言っておくぞ。頼まれ事なんて気分で断っていいし、何なら超能力を一切使わない生活を送ったっていい。超能力を持って生まれたからって、そのせいでお前が生き方を縛られる必要なんてねぇんだ」

俺は少しだけ首を回し、横目で彩子を捉えて言った。

「超能力者じゃなくたって、お前は俺の幼馴染なんだから」

彩子の顔が息遣いを感じるほど近くて、俺はすぐに顔を前に戻した。

しばらく彩子は無言だった。流石《さすが》にちょっとキザだったかな、でも言わなければそれはそれで後悔しそうだしな……などと俺が悶々《もんもん》と考え込んでいると、ややあって彩子は蚊の鳴くような声で応じた。

「……ありがとね。理人にそう言ってもらえただけでも嬉《うれ》しい」

背中越しで彩子の表情は分からなかったけど、今の俺にはそれが有り難かった。

きっと今の俺は、彩子と同じような表情をしているだろうから。

随分と大きくなった理人の背中に、私は感慨深い思いで身を委ねていた。

理人が覚えているかどうかは分からないけど、こうして彼におぶられるのは、実はこれで二度目だ。

私が自分の超能力に一番翻弄されたのは、小学校に入学して間もない頃だった。未熟な精神は成長する能力を持て余し、先生やクラスメイトを困らせることもしょっちゅうだった。

多くの者が私を恐れ、距離を置き、そして一部の『勇者』は、私という『化け物』に果敢に立ち向かった。

『もう、やめてよぉ……』

誰も傷付けないよう、公園の砂場で一人遊びをしていた私は、勇者グループの男子たちに目を付けられ、棒で叩《たた》かれたり砂を掛けられたりという攻撃を受けていた。

泣いて許しを請う私を見て、勇者たちは達成感に満ちた笑顔で口々に言った。

『ハハッ、化け物でも泣くんだな』

『おい、油断するなよ。いつ超能力で心臓を潰されるか分かんねぇぞ』

『そんなこと、私、しないもん……お願い、助けて、誰か……』

助けを求める声は誰にも届かない。子連れの大人でさえ、囲まれているのが私であることに気付くや、目を背けて見て見ぬ振りをするばかり。

絶望に打ちひしがれる私の耳朶《じだ》を、唐突に少年の怒声が打った。

『お前ら、何してんだ！』

勇者グループの脚の隙間から見えた人物は、サッカーボールを担ぎ、こんがりと日焼けをした活発そうな少年——理人だった。

眉を吊《つ》り上《あ》げて迫る理人に、勇者たちは何でもないことのように答える。

『何って、化け物退治だよ』

『知らねぇの？　こいつ、訳分かんねぇ力で学校のみんなに迷惑掛けまくってんだよ。だからこっちがやられる前にやっとかねぇと』

『そうそう、だからお前も一緒に……ぶへっ⁉』

勇者の言葉が急に途切れたのは、理人がサッカーボールを彼の鼻先目掛けてぶん投げたからだった。

鼻を押さえて悶絶《もんぜつ》する彼に目もくれず、理人は怒気も露《あらわ》に言い放った。

『ふざけんじゃねぇッ！　何が化け物だ、その女の子泣いてんじゃねぇか！　そんなに化け物退治がしてぇってんなら、まず俺を倒してからにしろってんだッ！』

多勢に無勢、しかも相手は上級生。それでも理人は屈することなく、最終的に大人たちの介入で勇者たちは蜘蛛《くも》の子を散らすように逃げて行った。喧嘩《けんか》とも言えないような一方的な暴行で、理人の顔も腕も腫れ上がっていたが、疲弊に鞭打《むちう》って私を家までおぶってくれた理人は、紛れもなく最高に格好いいヒーローだった。

その日のことがきっかけで、私と理人は友達になった。私が超能力と向き合って、力を制御できるようになったのは、間違いなく理人がいてくれたからだ。……だからこそ、中学の大会で私が余計なことをして理人を怒らせたことは、世界がひっくり返ったってくらいショックな出来事だった。

自分のことは自分が一番分かってる……なんてさっきは言ったけど、そんなことはないと思う。私の顔を私一人では見られないように、きっと身近なことほど一人きりでは気付けなくて、だから人と関わることは自分を知るためにも必要なことなんだと思う。

現に私は、超能力者じゃない人生を歩むことなんて、これまで一度も考えもしなかった。超能力者としての人生に不満があるわけじゃないけど、それでも理人にああ言ってもらえたことで、少し心が軽くなったのは事実だ。

昔と比べて友達はすごく増えた。

だけど、私の人生の大事な場面にいてくれるのは、いつだって理人だ。

「超能力者じゃなくたって、理人には一生敵《かな》う気がしないなぁ……」

理人の背に揺られて微睡《まどろ》む私は、我知らずそう呟いていた。

ふにゃふにゃとした私の言葉を聞き付け、理人が訊き返してくる。

「ん？　何か言ったか？」

「何でもなーい。それより理人、お腹空《なかす》いてきたし、ちょっと走ってよ」

「いや、お前をおぶりながらは無理だって。鞄だって持ってんだぞ」

「やってみなきゃ分かんないでしょ、鞄なら私が浮かせてあげるから！　ほらほらファイト、ヒヒーンヒヒーン！」

「俺は馬か！　おいてめっ、踵《かかと》で蹴んな、制服汚れるだろ！」

――どんなすごい力でも、この時間を生み出すことだけはできないんだろうなぁ。

心なしか暖かな夕焼けに包まれながら、言葉では一生伝えないだろうそんなことを、私はぼんやりと考えていた。

星空に叫ぶラブソング

青海野灰

「流れ星に願い事を言うと叶《かな》うんだよ」

消灯後の病院の屋上、八月の星座が瞬《またた》く夜空の下。

大人たちに見つからないように身を寄せ合って、耳に息がかかる程の近さで声を潜め、世界に隠された秘密をそっと分け合うように教えてくれた少女は、俺が退院した日の夜——行方不明になった。


ピー、ピー、ピー。

電子的なブザー音が心電図の警報のように聞こえ、いつの間にか不吉な夢にうなされていた俺は慌てて飛び起きた。ここはあの時の病院ではなく、高校入学時から一人暮らしをしているアパートだ。六畳の狭い部屋の隅で、唯一の調理器具である電子レンジが、冷凍チャーハンの加熱が終わったことを無機質に告げている。

夕飯前に気絶するように眠ってしまっていた。夏休みに入ってから連日、まともに休まずに歩き回っていたから、疲れが溜《た》まっているのを感じる。でもとても、気楽に休む気になんてなれない。

レンジから皿を取り出して、スプーンでかき込んで胃を満たす。ひとつ深呼吸をして、俺は部屋を出た。外は薄暮。生温《なまぬる》い風が、汗ばんだ肌を撫《な》でて通り過ぎていく。

当てがあるわけじゃない。行き先に心当たりもない。でも諦めるわけにはいかない。

君がいなくなってから、もう三年が経《た》つ。

あの日から、俺はずっと、君を捜し続けている。


中学一年の夏、右足を複雑骨折した。

海辺の田舎町には娯楽がなく、さらには学校で問題児として孤立気味だった俺には連れ立って出かける友達なんかもいなくて、ヒマ潰しに図書館にでも行こうと一人で外を歩いていた時に、暴走した自家用車に突っ込まれた。

幸い命に別状はなかったけれど、本気で死ぬかと思ったし、何より夏休みに入ったばかりなのに狭く薄暗い病院に入院させられたのが最悪だった。後で聞いた話によると、俺に突っ込んだ車を運転していた爺《じい》さんは、アクセルを踏み込んだまま心臓発作で死んでいたらしい。

だからこの理不尽な大怪我《おおけが》も、手術痕の痛みも、夏休みを半分近く病院で過ごすことになる恨みも、リハビリの辛《つら》さも、それら全部のやりきれない感情をぶつける先を俺は永遠に失い、一人で飲み込まなきゃならなくなった。

でも、そんな最悪なスタートを切った夏休みにも、最悪じゃない出来事があった。

それが、つばさとの出会いだ。

築五十数年、薄汚れた外壁の、三階建てのこの海辺の病院には、入院患者が気晴らしに散歩できるような気の利いた中庭なんかもなくて、だから風の中で思い切り呼吸ができる唯一の場所が、日中だけ開放されている屋上だった。

手術を終えて日も浅い俺は、リハビリ室と自分の病室を行き来するのがやっとで、まだそこに行ったことはなかった。でもその日は、午後のきついリハビリを終えて、不自由な入院生活で溜まっていた鬱憤をなんとか吐き出したくて、慣れない松葉杖《まつばづえ》を突きながら階段を上がり、屋上に出る重い扉を開けた。少し、海の匂いがした。

全体的にどこか仄暗《ほのぐら》く、空気が重く淀《よど》んで、辛気臭さがいつだって拭えないこの古い病院の中で、そこだけは明るく澄んだ光を湛《たた》えているように思えた。沢山の物干し竿《ざお》に真っ白なシーツが干されていて、それが風に吹かれて一斉に揺れ、さざ波のような煌《きら》めきを絶えず生み出している。

そのシーツの陰になる位置に二人掛けのベンチが置かれていて、女の子が一人座っているのが見えた。歳《とし》は自分と同じくらいだろうか。俺が着ているのと同じ白い入院着に身を包んでいるからここの患者なのだろうけれど、静かに目を閉じているその子の顔や肌がやけに白く見えて、初めはここで非業の死を遂げた幽霊なのかと思った。

その子は膝の上に大きめの本を開いた状態で乗せていて、それがゆっくりと滑って地面に落ちた。眠っているのか、女の子は動かない。

近付くと、地面に落ちた本はクジラの図鑑だと分かった。右足に気を付けつつ拾い上げて、表紙に付いた汚れを払い落としていると、「あ」と声が聞こえた。

「その本、私の……」

女の子が目覚めたようだ。黒い前髪がさらりと揺れて、彼女の額に包帯が巻かれているのが、少し見えた。

「ああ、悪い。落としたみたいだから、拾っただけ。ほら」

差し出した本を、彼女は両手で受け取り、大事そうに胸に抱きしめる。

「ありがと。いつの間にか眠っちゃってた」

「顔色が良くないけど、体調悪いなら屋内にいた方がいいんじゃない。ここは暑いし」

「うん、でも、ずっと病院の中にいると、息が詰まって気が滅入《めい》るから」

「あー、分かる。空気が暗いし重いんだよな。医者も看護師も患者も、みんな世界の終わりみたいな顔してる。そんなんじゃ治るもんも治らないっての」

「ふふっ、そういう君も、暗い顔してるよ」

不意打ちのように笑った顔が綺麗《きれい》で、俺は思わずたじろぐ。

「俺は……別に、こんな所、楽しいこともないし」

「じゃあさ、私の話し相手になってよ。周りはおじいちゃんおばあちゃんばっかりで、私も退屈してたんだ。見たところ同年代だよね」

彼女は白瀬《しらせ》つばさという名だった。俺より一つ年上、つまり中学二年生らしい。学校が一つしかない田舎町とはいえ、上の学年の女子なんて関わったこともない。

「あ、すみません、タメ口で……」

「いいって、気にしないで。気楽に話そうよ。逆に敬語禁止だからね」

つばさは俺を隣に座らせ、沢山喋《しゃべ》った。同室のお婆《ばあ》さんが早朝に大音量でラジオを流して起こされること。不愛想な看護師や、味気ない病院食への不満。病室のベランダに毎日訪れる鳥の可愛《かわい》さや、面白かった今日の夢の話まで。どれだけ話し相手に飢えていたのだろうというくらい、話題は尽きそうにない。俺は適当に相槌《あいづち》を打ちながら、話の内容によって笑ったり顔をしかめたりとコロコロ変わる彼女の表情を面白く眺めていた。

太陽が海に沈みかける頃、病院の職員が屋上に出てきて俺たちを見つけると、日没前には屋上を閉鎖するから戻るよう命じた。

「ね、明日またここで会おうよ。待ってるから」

別れ際に耳元でそう言われ、再びたじろぐ俺の返事も待たずに、つばさは笑顔を見せて階段を下りていった。


俺は毎日、つばさと屋上で会った。自由時間のほとんど全部を彼女と過ごしたと言っても過言じゃない。つばさはいつも色々な話をした。でも彼女の入院理由については語らないので、話したくないのだろうと、俺もその話題は避けた。

ある日、いつものように横に座った俺の顔をじっと見て、彼女は言った。

「ね、カズくんってさ、五月の連休中に三年の男子数人をボコボコにしたって、本当？」

「……知ってて俺と話してたのか」

「最初は分からなかったよ。でも名前を聞いた時思い出した。学校中で話題になってたからね。一年にヤバいヤツがいるって」

「はあ、娯楽が少ないと噂《うわさ》が広がるのが早いんだよな。……俺が、怖いか？」

全然、と言ってつばさは笑った。その笑顔の眩《まぶ》しさに、俺は眩暈《めまい》がしそうだった。

「だってもう私知ってるもん、君が本当はすごく優しい人だって。カズくんが暴れた理由、当ててあげよっか」

「分かるわけないだろ」

「その男子たちが、ターゲットにした一人の女子を、集団で襲おうとしてたから」

驚きに言葉を失った。あの時、少年院行きになりかけた暴行の理由は、親にも教師にも警察にも話してないのに。

「ふふ、そのリアクション、当たりでしょ。誰にも理由を話してないのは多分、自分だけが悪者になればいいって思ったからかな。経緯を話せば、未遂とはいえ女の子も色んな注目や噂の的になっちゃうもんね」

「まさか、あの時の女子って……」

「さあ、どうでしょうー」

つばさは悪戯《いたずら》っぽく笑ってから、俺に背を向け夕陽《ゆうひ》が燃える海の方を見た。

「でも、その時の女の子には、助けてくれたヒーローがめちゃくちゃカッコよく思えただろうし、すっごく感謝してると思うな。周りがみんな君を恐れても、世界に一人でも、君を大切に想《おも》う人がいるってのを知っていてほしいって、私は思うよ」

「……分かった。覚えとく」

屋上の閉鎖の時間がきて、俺たちはまた明日ここで会う約束をした。お別れを言うつばさの顔が少し赤く見えたのは、夕陽のせいだろうか。

彼女はいつもクジラの図鑑を大事そうに持っていて、俺がいつものベンチに到着して声をかけるまで、熱心にそれを読んでいた。

「ザトウクジラってね、学名はメガプテラ・ノヴァエアングリアっていうんだけど、この『メガプテラ』って、大きな翼って意味なんだよ。カッコイイよね！ それでその翼みたいに大きな胸びれで海を泳いで、ブリーチングっていう大ジャンプをするんだ。三十トンの巨体で空中に飛び上がるんだよ！」

彼女がその細く綺麗な指先で示すページを見ると、黒い体に白い模様の入ったクジラが、海面から豪快に飛び上がっている瞬間の写真が載っていた。

写真を見て目を輝かせるつばさを、俺は笑って眺める。好きなものを語る時の彼女は、宝物を見つめる子供みたいに純粋だ。そんなつばさの隣にいると、自分の中の腐ってやさぐれた所まで綺麗に浄化されていくようだった。渇いてひび割れていた心に、彼女の存在が心地よく満ちて、温めてくれる。こんな気持ちは、生まれて初めてだ。

「つばさはそのページをよく見てるよな。あ、もしかして、自分の名前がつばさだから、学名に親近感持ったのか？」

「うん、最初のきっかけはそうだったよ。でも……ええっと、あれ、なんだっけ、言葉が出てこない……。まあいいや。私いつか、この目でブリーチングを見てみたいんだ。というか、私がザトウクジラになりたいくらいだよ」

「ハハ、つばさらしいな。見たいなら見に行けばいいさ、ここを退院したら」

「退院、ねえ……」

つばさの顔に陰りが見えた。しまった、と俺は思う。彼女の入院の理由を、俺はまだ知らない。俺の言葉は無責任だっただろうか。

「……ねえ、カズくん」

うつむいた彼女の表情を、シルクのような髪が隠す。しかし俺の憂慮をよそに、顔を上げたつばさは、にやりと笑っていた。

「今夜、私と悪いことしない？」


夜十時の消灯時間の後、俺とつばさはいつもの屋上に出た。扉は内鍵だから開放時間外でもいつでも開けられることを、彼女は知っていた。辺りに明かりがほとんどなく、頭上には八月の星座が一面に輝いている。見回りに見つからないよう階段室の陰に隠れるように座り、肩を寄せ合って星空を見上げた。

「ねえ、カズくん、歌を歌ってよ」そう小さな声で、つばさは言う。

「え、なんだよ急に、いやだよ」

「ザトウクジラってね、雄クジラが、雌クジラに、ラブソングを歌うんだよ」

「……へえ、ロマンチックだな」

「ね、カズくん。歌ってよ、私のために。とっておきのラブソングを」

心臓が跳ねるのを感じた。その言葉の意味が分からないほど、俺は馬鹿じゃない。

でもラブソングなんて知らないし、即興で歌い出すほど馬鹿にもなりきれなかった。

体の内側から湧き起こる熱い感情を嚙《か》み潰《つぶ》して、言葉を選ぶ。

「……今は、人に見つかったらマズいだろ。二人とも退院したら、お祝いに歌うよ」

「ホント？　約束だからね？」

彼女が差し出した小指に、自分の小指を絡めた。その体温に胸が締め付けられる。

その時夜空に、一筋の白い線がすうっと走って消えるのが見えた。

あ、流れ星だ。えっ、どこ？　もう消えたよ。ちぇー。そんなやり取りの後、彼女は頰が触れるくらいの近さで、そっと囁《ささや》くように言う。

「流れ星に願い事を言うと叶うんだよ。早く退院できるようにお願いしたかったな」

絡めたままの小指が、愛《いと》しくて、苦しくて、少し、胸が、痛かった。

つばさは、日を追うごとに少しずつ、喋らなくなっていった。屋上で会っても言葉数が減り、理由を訊《き》いても悲しげに微笑《ほほえ》むだけだった。不安に思いながらも俺はいつものベンチに座り、彼女の隣で同じ時を過ごした。数日が経つと、つばさはもう、一言も話さなくなった。

俺は入院しながらのリハビリを終え、後は自宅療養と経過観察となった。母親が退院の手続きをしている間、俺は何度も訪れた屋上に上がり、一時の別れを告げるために、つばさの隣に座った。

「じゃあ、俺は今日で退院だけど、見舞いにくるから、待っててよ。その……約束も、あるしな」

返事はないけれど、俺の退院を祝うように、つばさは笑ってくれた。でもやっぱり、どこか無理しているように見えてしまう。

少しして屋上に出る扉が開き、母親が出てきた。

「まったく、捜したわよ和弘《かずひろ》。あら、つばさちゃんと一緒だったの」

「え、つばさを知ってるの」

「つばさちゃん、大変だったわね。身体《からだ》は大丈夫？　和弘はほら、足が折れて大人しくなってちょうどいいくらいなんだから、気にしないでね。あまり思いつめずに、ね」

「……は？ ちょっと待てよ、何言ってんの」

タクシーを待たせているからと、母は俺の腕を引き強引に歩き出した。混乱する俺はつばさにかける言葉も見つからないまま、うつむく彼女の姿は閉まる扉に隠された。


つばさは過去に両親を亡くしていて、唯一の家族だった祖父も、先月車の運転中に亡くなった。そして暴走した車が俺に突っ込み、その衝撃で同乗していたつばさも頭を打ち、脳内出血が進行性の失語症を引き起こした。進行性失語の根本的な治療法は確立されていない。それらのことを、俺は母から聞き出した。

翌日病院に行き、つばさとの面会を希望したが、何やら慌ただしそうな受付に神妙な顔で面会不可を告げられた。理由を訊いても教えてくれない。廊下に警察の姿が見えたことが、俺をたまらなく不安にさせた。

そして彼女に会えないまま一週間が経った頃、つばさが、俺の退院日の夜から行方不明になっているらしいと、母から聞かされた。

「あの子のことは、残念だけど……もう、忘れなさい」

母も、病院の職員も、核心を話さない。でも空気で分かる。誰もが彼女を、もう死んだものとして扱っている。でも俺は信じない。信じてたまるか。だって俺には約束がある。退院したら君に歌を歌うと、星空の下で小指を結んで交わした約束が。

身寄りのないつばさの捜索願は出されておらず、学校の教師や彼女の友人たちに訊いても誰も行方を知らず、俺は一人で彼女を捜した。病院の近辺や人の多い繁華街なんかで手当たり次第声をかけ、彼女の特徴を伝えて見たことはないか尋ねて回った。写真を持っていないことを悔やみ、彼女の笑顔が記憶から消えないように何度も思い出して、何枚も絵を描き、それを見せて行方を尋ねた。それでも、ひとかけらの手掛かりも得られないまま、時間だけが無情に過ぎていく。

地元の高校に進学し、一人暮らしを始めても、俺はつばさを捜し続けた。そして八月十二日の今日で、彼女の消失からちょうど三年になる。冷凍チャーハンで簡素な夕飯を済ませた俺は、つばさの顔を描いた紙を持って暮れかかりの外に出た。海の方に向かう道を、大学生くらいに見える男女二人が歩いていたので、声をかける。

「すみません、人を捜してて、どこかでこんな子を見ませんでしたか。白瀬つばさという名前で、言葉を話せなくなってる子なんですけど」

俺が差し出した紙を見て、女の方が言った。

「わ、絵上手ですね、写真かと思った。えーっと、私は見たことないかなあ。雪《ゆき》くんはどう？」

「僕も知らないな。お役に立てずにすみません」

「いえ……」

肩を落とした俺に、女が優しい声で言う。

「とても大切な人なんですね……。気休めかもしれないけれど、どうしても叶えたい願いがあるなら、今夜の空に祈ってみてください。なんたって今日は」

男女は一度顔を見合わせると、二人で声を揃《そろ》えて、優しい表情で、続けた。

「ペルセウス座流星群の極大日だから」


息を切らして砂浜を歩き、波打ち際に立つと、俺は一人、空を見上げた。

流れ星が願いを叶えるなんて、本気で信じてるわけじゃない。でも、三年前の夜につばさが教えてくれた世界の秘密に、俺も縋《すが》りたかった。夜空には無数の星が瞬き、それらを繋《つな》ぐように時折白い閃光《せんこう》が走って消える。俺は願った。この願いの強さなら、誰にも負けない自信がある。

どうか生きていてください。元気でいてください。幸せでいてください。

もう一度でいいから、会いたいんです。この約束を、叶えさせてください。

どうか。どうか。どうか。

目元から涙が溢《あふ》れ、流れ星みたいに頬を伝う。その時、海の方から地鳴りのような音がして、驚いた俺は視線を下げた。そして、目を見張る。

視界に広がる海の中腹。その水面を盛大に掻《か》き分《わ》けて、一頭のザトウクジラが宙に飛び出していた。それはゆっくりと舞いながら巨軀《きょく》をひねり、激しい音を立てて背中から着水する。跳ね上がるいくつもの水飛沫《みずしぶき》が、俺の所まで飛んでくるかのようだ。

俺はしばし放心した後、思わず笑っていた。

そして、なぜつばさが三年前のこの日に消えたのかと、彼女がその日の流星群に何を願ったのかを思い知った。

クジラはその大きな翼をはためかせて再び海面を割り、流星が舞う空の下に力強く、悠然と飛び立つ。彼女はもう、人の言葉を失っても困らない。狭い病院じゃなく、自由に、力強く、広大な空の下をどこまでも羽ばたいて行ける。

俺は肺を海風で満たし、ずっと言いたかった事を叫ぶ。

「退院、おめでとう!」

そして流れる涙を拭うと、彼女に届くようにありったけの声で、下手くそなラブソングを、いつまでも歌い続けた。

余白の隠れ家

古宮九時

人と一緒にいるのは、楽しくて疲れる。

「じゃあ今日はここまでだ。みんな気をつけて帰れよ」

いつもと同じ言葉でホームルームが終わると、教室内はたちまち言葉と色であふれる。さっさと帰る人もいるけど、友達同士集まって話し始める子の方が多い。

「今日は駅ビル行く？　見たい店があるんだけど」

「行く。わたしも本屋寄りたかったし」

私の机の周りにみんなが集まる。顔のすぐ右横で、制鞄《せいかばん》につけられたいくつものぬいぐるみが揺れた。私は笑顔で話に加わる。

「駅ビルの一階、新しいカフェ入るみたいね」

「あー見た見た。バイト募集してるよね」

「ずっと空いてたところに入るんだ。ついでに見に行く？」

話の流れは速い。蛇行し、枝分かれして、止まらない。

私はリズムよく、ちょうどいいところに相槌《あいづち》を入れる。たまに新しい話題を投げ入れる。机の左側に一人が腰かける。私を入れて全部で六人。私の席が教室の真ん中にあるからここに集まる。仲はいい。喧嘩《けんか》もほとんどない。

「最近お姉ちゃんが理由もないのに機嫌悪くってさ」

「二つ上だっけ」

「そうそう。よく覚えてるね」

私は返事に困って微笑《ほほえ》む。少し相槌が強すぎたかもと反省する。人といる時、話すよりも聴く方に比重を置くのが私のスタンスだ。昔から自然とやってしまう。その方が場の空気がなめらかになるから。

こういうのを傾聴と言ったりするらしい。聞く。聞く。聴く。私の中をみんなの言葉が流れていく。さらさらと引っかかることなく。その流れの中に私自身はいない。

「あ、そろそろバス来るよ。行こ」

一人が言うと、残りの五人もぞろぞろ歩き出す。

ゆるやかにまとまって動くさまは一つの生き物のようだ。下駄箱《げたばこ》で靴を履き替える時も、二分遅れで来たバスに乗る時も、そして駅ビルで本や小物を見て回る時も。

私たちは群体生物だ。そして私はその一部だ。

さざめいて動く私たちは、いつでもお互いの楽しさを共有し、悩みを共有する。

孤独を感じることはない。一人で困ることも。

それは家に帰っても同じだ。

「おかえりお姉ちゃん！　ちょっと聞いてもらいたいことあるんだけどいい？」

帰宅して玄関を開けるなり中学生の妹が走ってくる。私は答えるより先に「ただいま」と言った。妹は構わず話し始める。

「今日、調理実習の材料分担決めがあったんだけど、私がイチゴと卵の担当になっちゃって。でも私が一番家が遠いのに卵っておかしくない？　仕切ってる子がどんどん『はい、あなたはこれとこれ』って決めちゃって」

妹の話にはいつも切れ目がない。私は手洗いうがいを済ませて二階に上がる。

私たちが生まれた後に建てられたこの家は「子供の成長に寄り添う家」がコンセプトらしい。小さな頃の子供部屋は八畳ちょっとの広い部屋で、今は真ん中に間仕切りの壁が移動してきて小さな二部屋に分かれている。分かれていると言っても間仕切り壁は可動式なので、天井部分には隙間が空いていて互いの声はよく聞こえる。

「ずるいって思うけど、その子はクラスでも発言力がある子だからさ。文句言ったら空気悪くなるでしょ」

「そうだね。我慢したのえらいと思う」

私は着替えながら相槌を打つ。普段と変わりない日を過ごす。

学校でも家でも一人じゃない。困ったことはない。不満もない。

けれど洗い立てのシーツの上で眠りに落ちる瞬間。

もしくはお気に入りの曲のアラームで目が覚めた時。

よく晴れた朝、登校して学校の門が見えた時。

あるいは教室に入って友達と軽い挨拶を交わす、それだけの時に。

なぜかふっと、疲れている自分に気づく。


その日の天気は小雨《こさめ》だった。

「あ、本借りるの忘れてた」

これからみんなで帰ろうと下駄箱を開けたところで、私は忘れ物を思い出す。授業の課題で図書室から本を借りなきゃいけなかったんだ。

「待ってようか？」

「いいよ。バスが出ちゃうから先帰ってて」

私のために五人を待たせるわけにはいかない。バスはきっかり二十分に一本だ。

「そっか。じゃあまた明日ね」

みんなからばらけて私は一人校舎内に戻る。

一人で行く廊下は、放課後のせいか人も少ない。

おかげでいつもよりも空気がよく流れている気がする。足取りも軽くて進みやすい。

そうしているうちに私は校舎の端にある図書室についた。

そこは放課後でも開いている。カウンターに司書の先生がいたので、私は挨拶だけして本を探しに向かった。広い図書室を本棚側面のプレートを見ながら奥へ奥へ進む。

他に生徒の姿はない。窓の外から雨の気配だけが入りこんでくる。

背の高い書架列が左右に延びている真ん中を、通路はまっすぐに貫いている。照明は点《つ》いているのに先の方は薄暗くてよく見えない。陽《ひ》の光は本を傷めると聞いたことがあるから、窓が少ないのかもしれない。

「二十……二十一……」

私は書架列の番号を数えていく。奥に行くにつれて書架に並ぶ本の背表紙も古びてくる。本は発行年別じゃなくて内容別にならんでいるはずなのに不思議だ。

「五十一、五十二」

左側の五十三番目の書架に私はようやく辿《たど》りつく。メモを見ながら目当ての本を探した。本はすぐに見つかって、私は背伸びして本を手に取る。

急いで戻ろうとした私は、そこで何となく本棚の奥を見た。

「え？」

見間違いかと思った。

図書室の外周の壁際にも本棚は置かれている。ただ私の振り返ったそこだけは、何故《なぜ》か壁沿いの本棚と本棚の間に人がぎりぎり通れるくらいの隙間があった。そしてその隙間からはオレンジ色の光が漏れている。まるでランプの光みたいに。どうして最初に本棚列を曲がった時に気づかなかったんだろう。こんなに薄暗い場所なのに。

私は光の漏れる隙間に近づく。何があるのか本棚の裏を覗《のぞ》きこんだ。

まず見えたのは制服を着た男子の背中だ。

「あれ」

思わず口にしてしまった声で、机に向かっていた彼は振り返る。

眼鏡をかけた初めて見る生徒。ネクタイからして私たちの一つ上の二年生だ。

「君は……」

「すみません、邪魔してしまって」

オレンジの光は読書机に備え付けのライトだった。本棚の裏は壁が少し凹《へこ》んでいて、小さな机が一つ入っていた。ここは本を読む人のためのスペースだったんだ。灯《あか》りが点いたのも、きっと今この先輩が点けたからだろう。あわてて出ていこうとした私を、彼は呼び止める。

「待って。本を読みに来たの？」

「あ、違うんです。本を借りに来て灯りが見えたので……覗いてすみません」

図書室には本を読むための広い机も自習机もあるけど、こんな死角にも机が置かれているなんて知らなかった。先輩は、ぎこちなく笑う私の全身をざっと眺める。

「何年生？」

「一年です」

私は自分の青いネクタイを上げて見せる。この高校は入学年度によってネクタイの色が分かれる。だからすぐどの学年か分かる仕組みのはずなんだけど。

先輩はべっ甲色の眼鏡を押し上げた。

「じゃあ次はあなたの番か。ちょっと待ってて」

先輩は机に広げていた本を胸に抱える。彼は代わりに空いた机を指差した。

「この机はあなたのための場所だ。好きな時間に好きに使っていい。誰も邪魔をしない。そうなっている」

「え？　なんですか」

突然何なのか。後ずさってしまった私に、彼は小さく両手を挙げた。

「申し訳ない。引き渡し時にはそう言う決まりになってるんだ。ちゃんと説明するよ」

先輩はいったん死角を出ていくと、すぐに背もたれのない丸椅子を持って帰ってきた。自分はそれに座り、私には机に備え付けの椅子に座るように言う。

赤い革張りの座面は、私が腰を下ろすとふわりと沈んだ。

「わっ」

思わず声が出る。柔らかすぎず芯があって、すごく座りやすい。こんな椅子は初めてかも。ちょっと感動してしまう。彼は私のそんな様子に柔らかな表情になった。

「その椅子いいだろう？　僕も最初驚いた。長く座る椅子だからだろうけど」

笑った彼は同級生くらいに見えた。彼は指を組んでその手を足の上に置く。これから本題に入るという姿勢だ。

「ここはちょっと不思議な場所なんだ。定員は一人。時間が外よりゆっくり流れてる」

目を丸くする私に、先輩が説明してくれたのは次の内容だ。
・この場所は必要としている人間の前に現れて、他の人間には見つからない。
・ここで長い時間過ごしても、外ではあまり時間が経《た》っていない。ただ長時間い過ぎても精神だけが進んでいってしまうからほどほどに。
・次に誰かが訪ねてきたら、自分にとってこの場所の役目は終わったという意味。次の人間に同じ内容を引き継ぎすること。

「いわばここは一人限定の秘密の隠れ家だ。いつからどうして存在しているのかは知らない。僕も自習や読書でかなり使わせてもらったけど、これからは君の方が必要としているってことだろう」

「私がですか？　別に必要ないです……けど」

「一人になれる場所が欲しいって思わなかった？」

その言葉に、私は何故かすぐに答えられなかった。黙りこむ私に彼は苦笑する。

「ここに来る人間はそういう人間ばかりだ。孤独が必要な人間がここに来るんだよ」

よくないことを言われている気がする。私は頭の中で言うことを組み立てた。

「……私はちゃんと友達もいます。家族とも仲がいいですし、寂しくないです」

「だからだよ。あなたは孤独には二種類あることを知っている？　英語で言える？」

そんなこと急に言われても出てこない。困惑する私に、先輩は本に挟んであった栞《しおり》を出すとシャープペンでさらさらと単語を二つ書いた。

「loneliness があなたの思う『孤独』だ。淋《さび》しい、ひとりぼっち。そういう孤独」

ロンリネスと読み上げられれば分かる。でももう一つは読み方も分からない。私の心を読んだみたいに彼は教えてくれる。

「もう一つはsolitude。こっちは同じ孤独でも自分で選んだ孤独だ。自由がある」

「自由？」

「人には一人でいる時間が必要なんだよ」

彼は穏やかに微笑む。その表情は羨ましいほどすっきりしていた。彼は栞を私にくれる。「夏の文庫フェア」と銘打たれた栞に書かれた西暦はちょうど六年前だ。

「人間は社会的生き物だから、僕たち未成年は特に『人と一緒に上手《うま》くやること』を推奨されている。一人でいると心配されたりするしね。でもずっとそれだと自分がすり減っていく。楽しくても常に人と一緒は疲れるだろう？」

私はぎくりと身を固くする。まるで日頃のみこんだ溜息《ためいき》を聞かれていたみたいだ。

でも彼は、そこまでを分かっているみたいに諭す。

「悪いことじゃない。一人の時間が欲しいなんて当たり前のことだ。特に僕たちくらいの年齢だと、自己が不安定なことは珍しくないしね。自分を確立するための余白は必要だ。その認識をもっと持つべきだよ。僕たちも、大人たちも」

「……でも一人になりたいなんて……感じが悪い、じゃないですか」

人の話を聞きたいと思っているのは嘘《うそ》じゃない。周りの人に気分よくいて欲しいと思うのも。なのに「自分を放っておいて欲しい」って思うなんて。

「僕はそう思わないけど、あなたの考え方だから無理に変えようとは思わない。それにここはそのための場所だ。時間を気にする必要はないから、友達にしていたように、ここではあなた自身と一緒にいてあげたらいいんじゃないかな」

彼は立ち上がると片手に椅子を、片手に本を持つ。

「僕はそろそろ帰るよ。引き継ぎ要項はもう一度言った方がいい？」

私は反射的に首を横に振る。彼は「じゃあこれで」と言ってあっさり去っていった。

一体何なのか。上級生にからかわれたのかもしれない。

私はようやく我に返ると、ランプを消してそこを出た。貸出カウンターに行くと、いるのは司書の先生だけでさっきの先輩の姿はもうない。私は本を借りて足早に図書室を出た。予定外のことに時間がかかって次のバスもぎりぎりかもしれない。

靴を履き替えて走りだした私は、校門を出てまもなくバス停が見えたところでぎょっと足を止める。バス停に並んでいた一人が私に気づいて手を振った。

「早かったね。図書室行かなかったの？」

そんなまさか。絶対もっと時間は経っていたはずなのに。

それから私は、何度か日をまたいで例の隠れ家に行った。

実際に時間を計ってみたけど、あの書架の裏にいる時にはほぼ時間は動かない。何度試しても同じだ。まるで魔法の部屋だ。

私はそこで時間を計りがてら本を読むようになった。それまで一人で読書なんてしたことがなかったけど、時間を潰すのにちょうどよかったから。

本は、面白くて一気に読んでしまったものも、途中で読むのをやめてしまったものもあった。図書室にはいくらでも本があったからそれができた。

エッセイも、小説も、旅行記も、書簡集も、私に合ったものは自分の中を広げてくれる気がする。違う景色を見て違う時を感じて、それが私の中に残る。自分の内側に余白が生まれる。

そうしているうちに、私はこの場所を上手く生活に組みこむようになった。

朝少しだけ早く登校して図書室に向かう。

本を読むのは大抵昼休みか放課後だ。朝は、ただ机に頬杖《ほおづえ》をついてぼんやりする。

そういう時間が私には合っていた。目を閉じていると、何も考えていない気がしたし、たくさんのことを取り留めなく考えている気もした。

一人でいると、私の中を人の言葉が絶えず流れることはない。

代わりにそこには別のものがある。
たとえばそれは、底の見えない穴だ。
私はそれを覗きこむ。「おーい」と心の中で呼んでみる。
声は反響する。それは私自身だ。
ある時は夜の波打ち際を一人歩くように。
ある時はどこまでも続く荒野で青空を見上げているように。
ある時は真っ白な布に埋もれてただ眠るように。
私は、私を旅する。
私を聴く。
私を見つめる。
私を知る。
私が、作られていく。

「じゃあ今日はここまでだ。みんな気をつけて帰れよ」
いつもの言葉でホームルームが終わると、友達は誰からともなく私の机に集まる。

私の顔の横で、制鞄につけられたピンクの蛇が揺れる。

「あのさ、今度の連休、推しのイベントあるんだけど連番予定の子が都合悪くなっちゃって。誰か一緒に行けない？」

「ごめん、わたし予定がある」

「あー、わたしも」

「行けるよ。ちょうど空いてるし」

私が言うと全員の視線が集まる。言い出した子が「いいの？」と喜色を浮かべた。

「うん。ちょっと興味あるし」

話を円滑にするための相槌じゃなくて、本当のことだ。一人でいる時間を持つようになってから、いつの間にか疲れたとは思わなくなった。自分の好きなことや、やりたいことが明確になった。これもその一つ。

相手が話したそうな時は前と同じに相槌を打って聞き入るけど、今は自分の中に自分がいる。私は、流れていく言葉を見つめたり拾い上げたりする。気になることには踏みこんでみる。それが面白い。

「何か準備するものとか、見ておいた方がいいものある？」

スマホを出しながら確認する私を、ピンクの蛇を提げた友人がまじまじと見る。

「最近ちょっと大人っぽくなったよね。落ち着いてるっていうか、余裕がある」

「え、そうかな。そうかも？」

「何それ」

私はみんなと笑い合って、それから教室を出る。

歩いていく私たちは緩やかにまとまって、でも一つではない。私は私で、みんなもそうだ。私たちは一人ずつで、選んで一緒にいる。一緒にいないこともできる。

昇降口に向かう私たちは、向こうからやってきた先生たちに気づいて廊下の端に避《よ》けた。見知った先生たち二人と、知らないスーツの先生が二人。

「教育実習の人かな。来るって言ってたよね」

友達の言葉を聞きながら、私はそのうちの一人を凝視していた。向こうも気づいて目が合う。私が見た時より数歳年上になっている彼はべっ甲色の眼鏡を押し上げた。

「あなたか。上手く使えてる？」

ああ、だから私の学年を聞いたのか。

本当にあそこは魔法の部屋だ。

私はすっきりとした気分で、笑って返す。

「おかげさまで、先輩。一人も悪くないです」

初恋灯籠

遠野海人

出かけている人の半分は待ち合わせ場所へ向かっていて、もう半分は誰かを待っている。そんな夏祭りの夜だった。

「なんてね」

ちょっと気取った自分の考えを独り言で笑い飛ばす。

誰が見てもわかるように、私は浮かれている。それと同時に緊張もしていた。

人の波に逆らわず、小さな歩幅で待ち合わせ場所に向かう。

子どもの頃から何度も足を運んだ夏祭り。私が生まれるずっと前から行われていて死んだ後も続くであろう、どこにでもある夏のお祭りだ。

なのに私は緊張している。額に汗がにじむのは暑さのせいだけじゃない。

これから好きな人と初めてのデートだからだ。

期待で胸が膨らむ反面、不安で頭が重たくなってきた。

あらためて自分の服装を確認する。昨年、高校進学のお祝いに買ってもらった藍色の浴衣は多分まだ似合ってるはず。草履の音も涼しげで気に入っていた。

ただ相手が気に入ってくれるかはわからない。

デートだと宣言して彼を誘ったとはいえ、あんまり気合を入れた格好だと向こうが気後れしてしまう可能性もある。

いっそ普段通りの方がいいのかも、と悩んだけど結局は浴衣を着た。理由は単純で一番自信のある姿を見せておかないと後悔しそうだったからだ。

そう決めて浴衣姿で気分良くここまで来たけれど、暑さと人混みは想像以上に凶悪だった。こうなると彼と無事に会えるのかも心配になってくる。そもそも約束通り、来てくれるだろうか。一人で歩いているとなにもかもが心配になってくる。

くよくよと悩みながら歩いていると、待ち合わせ場所の鳥居に着いた。腕時計で確認すると、時刻は六時。ちょうど約束の時間だ。

参道を進んでいく人の波から離れて、私は彼の姿を探す。

鳥居ではたくさんの人が待ち合わせをしていて、人の流れがボトルネックのように詰まっていた。すぐには見つけられそうにない。

名前を呼んでみようか。この喧騒《けんそう》の中で届くかどうかはわからないけれど、大きな声で呼んでみよう。

「蓮《れん》」

ダメ元でも声は出してみるもので、すんなりと彼を見つけることができた。鳥居の陰に背の高い男の子が立っている。先に着いていたみたいだ。

「なおちゃん」

蓮も私の名前を呼んでくれる。声はとても小さいけれど、これは普段通り。蓮は昔から控えめで、物静かだった。私とは正反対だ。

蓮は今日も伏し目がちで、その視線は駆け寄ってくる私ではなく手元のストラップに落とされている。あれは昔、私が蓮にあげたものだ。ぶら下がっている猫のキャラクターが気に入ったみたいで、ずっと身につけてくれている。

「ごめん、おまたせ。行こっか」

すぐそばで声をかけると、蓮は一度時計で時間を確認した後、黙ったまま参道を歩きはじめた。私の服装に関する感想は特にないみたいだ。もちろん、そんな気はしていたんだけど。

出会って早々に「綺麗《きれい》だね」と言えるほど、蓮は気が利くタイプじゃない。残念ではあるけれど、そういうところも好きだ。

蓮の隣を並んで歩く。これまで何度も経験してきたはずなのに、今日はそれだけで妙にソワソワしてしまう。恐ろしい。これがデートか。

私と蓮は幼稚園の頃からの付き合いで、高校生になった今でも仲は良《い》い。

蓮は昔からこのとおり控えめで、口数も少なかった。でもなにも言わないわけではなくて、たまにつぶやくことが的確に私の胸を射抜いてくる。

だから。

生まれて初めて恋に落ちた日のことを、今でも鮮明に思い出すことができる。

「じゃあ、なおちゃんは猫と同じ目をしてるんだね」

幼稚園の頃のことなんて、高校生になった今ではもうほとんど忘れてしまった。

だけど蓮がそう言った日のことだけは今でも覚えている。


それは幼稚園の砂場で交わした会話だ。お迎えを待つ夕暮れに「幽霊が見える」と打ち明けた私を見て、蓮はどこか嬉《うれ》しそうにしていた。

「猫って幽霊が見えるの？」

「そう聞いたことあるよ。なにもないところを見ていたり、そこに向かって鳴いたりするから、幽霊を実は見ているんじゃないかって」

それはなんとも親近感のわく話だ。

私も小さい頃から幽霊が見えた。でも本当に見えるだけだ。そして向こうがこっちに気づいている様子もない。

触れることもできなければ、話したりもできない。だから怖いとか、不思議というよりかは、私にとっては当たり前にある景色の一つだった。

「猫と同じものが見えるから、なおちゃんの目はきれいなんだね」

この言葉と無邪気な笑顔に、私は一撃で胸を射抜かれた。後にも先にも、恋に落ちる衝撃を味わったのはあの瞬間だけだ。

そんな初恋をかれこれ十年以上、大切に温め続けているのだから自分で自分が嫌になる。もう少し私に意気地があれば、色んなことが違っていたかもしれない。今さら考えても仕方ないんだけど。

近所で生まれ育った私と蓮はそのまま順調に小学校、中学校、高校も同じところへ進学した。その間にも私は坂道を転がり落ちるように、ゴロゴロと蓮を好きになっていった。

どんどん背が高くなっていく後ろ姿を好きになったし、意外と気配り上手だったり、私が前に話したことをきちんと覚えていてくれたりするところもぐっときた。成長して低くなった声も私の耳には昔と変わらず甘く聞こえるし、動物好きなのに動物に好かれないのも愛嬌《あいきょう》があっていい。

こんな具合で私は日に日に蓮を好きになっていったけれど、だからといって私たちの関係に劇的な変化があるわけではなかった。

他の友達よりかは親しいけれど、恋人とはほど遠い。

つまりはただの幼馴染《おさななじみ》。

そんな日々を過ごして、高校生活も半分終わろうとしている夏。

その日も一緒に下校してはいたけれど、蓮は私ではなく野良猫に夢中だった。

「ピート、おいで」

蓮が優しく声をかけるが、塀の上の野良猫はあからさまに嫌な顔をしていた。逃げるようにして塀を降り、私の方へ近づいてくる。

猫のピートは基本的に人懐っこい。野良なのに毛艶が良く、丸々と太っているのは地域の人に愛されている証拠だろう。どういうわけか蓮にはなつかないけど。

「なおちゃんはいつも動物に好かれていいなぁ」

そのときも蓮は私に笑いかけてくれた。それだけで幸せに思えてしまうから私たちの関係はいつまでも進展しないのだろう。

こんなことを続けてはや十数年。

臆病な私がしびれを切らすには十分だった。

「ねぇ、デートしようよ」

猫のピートをなでながら、私は蓮にそう切り出した。

できるだけ自然に、何気なく口にしたつもりだけど唐突なのは否めない。

私の心臓はドクドクと暴れ回り、全身にじんわりと緊張による汗がにじむ。

足元では野良猫のピートがお腹《なか》を出して寝転んだまま、蓮をにらんでいた。

だから数メートルという適切な距離が保たれていて、そのおかげで思い切ったことを言えた気がする。つまりこれはピートのおかげだ。ありがとうの代わりにいつもより丁寧にピートのお腹をなでる。

「来月の夏祭りにさ、二人で行こう。いいでしょ？」

蓮と二人きりで出かけたことは今まで何度もあった。だけど「デート」という言葉を使って誘ったのはこれが初めてだった。

「うん、行こうか。お祭りに行くのは久しぶりだね」

蓮は私の提案をあっさり受け入れた。多少は照れてくれているのか、それとも本当になんとも思っていないのか。西日のせいで表情は読めなかった。

こういった経緯で始まった今日のデートは、とりあえず合流するところまではうまくいっている。あとはここからどうするかが問題だ。

「祭りってさ」

できるだけ明るく、そして大きな声で私は蓮に話しかける。

「本来神様に感謝を捧《ささ》げたり、荒ぶる神を鎮めたり、あとは亡くなった人の魂を慰めるための儀式なんだってさ。慰霊とか、鎮魂って言うんだっけ。それをこうやって賑《にぎ》やかに楽しくやるっていうのは、暗くなりすぎなくていいよね」

とりあえずネットでかじった知識を会話のきっかけにしようとしてみた。

今でも大きな事故や災害で大勢の人が亡くなると、その人たちのための慰霊祭が行われると聞いたことがある。

私はお祭りのことを、出店でおいしいものを食べたり、友達と出かける口実の一つくらいにしか考えていなかったから、そんな話を知ってもピンとはこなかった。

でも身近で大きな事件や事故が起きると思い知らされる。

毎日どこかで誰かが死んでいて、その死を悼む人がいるということを。

「ねえ、聞いてる？」

私が尋ねても蓮の反応はない。うつむき加減で、ゆっくりと参道を進んでいく。

楽しそうな周囲の人々も、おいしそうな出店も、そして隣にいる私の姿さえも目に入っていないみたいだ。

「ねぇってば」

思い切って、私は蓮の前に飛び出してみる。両手を広げて、その進路を塞いだ。

だけど——蓮の身体《からだ》は私をすり抜けて行ってしまう。そうなる確信があったからこそ、こんな大胆なことができたんだけど。

「やっぱりダメか」

また独り言が口をついて出る。話しかけた相手からの返事があることを「会話」と呼ぶなら、今日の私はまだ蓮と会話をしていない。すべての言葉が独り言だ。

振り返って、蓮の姿を観察する。

蓮の姿は賑やかな祭りの中ではひときわ浮いていた。

頭の包帯が一番目立つけれど、身体のいたるところに傷を治療した痕跡が残っている。服で隠れている部分にも包帯が巻かれていることを思えば、夏祭りよりもまるでハロウィーンの仮装みたいだった。

でもそれは本物の傷だ。

その傷を見ると、なにもしてあげられない自分が情けなくなってくる。今の私では傷の具合を訊《き》くことさえできない。

先月、夏祭りに行く約束をした直後、私たちは修学旅行へ出かけた。数台の観光バスで出かけて、帰ってきたときにはバスの数が減っていた。

突然の悪天候により、私たち修学旅行生を乗せたバスは土砂崩れに巻き込まれた。

私たちの命運を分けたのは、乗っていたバスの違いだ。今年、私と蓮は違うクラスで、だから移動のバスも違っていた。

もしも私たちが同じクラスで、同じバスに乗っていたら。

きっと生きるも死ぬも一緒だったはずだ。

そうであったら良かったのに、と今でも少しだけ思ってしまう。

あの事故によって私と蓮の間には死という壁が立ちはだかることになった。

「蓮」

だから、私の声はもう蓮には届かない。

今は単に彼の姿が見えているだけだった。

ただの片想《かたおも》いだった頃よりもずっと一方通行だ。並んで歩いていても、偶然肩がぶつかることもなければ、手が触れあうこともない。

それでも本当はラッキーだと感謝するべきだとは思う。

事故で死に別れた私と蓮は、本来この夏祭りに来ることさえできないはずだった。

それがこうして、一緒に歩くことができている。たとえ意思疎通ができなくても、一方通行でも、本来ではありえないことだ。

本当はこれ以上を望むべきじゃないとわかっている。

わかっていても、諦めることができない。どうにかして蓮に気づいてほしい。私がここにいることも、ずっとあたためてきた気持ちについても。

私が隣で思案にくれていることも当然伝わらないので、蓮は神社でお参りを済ませてしまう。そのまま参道を離れると、神社からほど近い河川敷《かせんじき》を下っていく。

夜の真っ暗な川にはいくつかの小さな明かりが灯《とも》されていた。灯籠を流しているのだろう。何度も遠くから見たことがある。

ああして流される灯籠は慰霊のための道しるべだ。亡くなった人が道に迷わないように灯籠を流す。たしかにあの優しい光があれば、暗闇に迷うことはないだろう。

私にとっての蓮も、あの灯籠のようなものだ。彼に恋をしていたからこそ私の心は常に明るかった。

「蓮」

小走りで隣に近づいて、もう一度名前を呼ぶ。でも蓮の表情は変わらない。祭りの喧騒の中で、きっと彼は暗い気持ちで歩いているのだろう。

せめて私がそばにいると、蓮に気づいてほしい。ずっと私を照らしてきてくれた蓮に報いるためにも。

でも、どうやって？

私のことは見えていないし、声も聞こえていない。その上、彼に触れることもできない。それでもなにか方法はあるのだろうか。


「一つ、お願いします」

蓮は受付で灯籠を一つ手に入れると、静かな川辺へと近づいていく。

大勢の人が行き交う夏祭りの会場に比べると、川辺にいる人の数は多くない。喧騒から遠く離れて、それぞれの人が少しずつ距離を取り、灯籠を流している。

両手で大事そうに灯籠を抱えた蓮は視線を手元に落としたままだ。

「なおちゃん」

蓮はつぶやくように私の名前を呼ぶ。彼が名前を呼んでくれるときの優しい声が私はずっと好きだった。

「うん、どうかした？」

私は蓮のすぐそばで返事をする。だけど彼は気づかない。

だって、蓮に幽霊を見ることはできないから。

事故ですでに死んでしまった私がここにいることを、蓮は知らない。

蓮が灯籠をそっと優しい手付きで水面に置く。穏やかな川の流れに乗って、灯籠は緩やかに蓮の手元を離れた。

そのとき、かすかな足音がした。普段は聞こえないはずのそれが、砂利の敷き詰められた河川敷ではかすかに聞こえた。

「ピート？」

黒猫の存在に気づいた蓮が不思議そうに声をかける。普段は決して自分に近寄ってこない黒猫のピートが迷いなく歩み寄ってくることに、蓮は困惑しているようだ。

ピートが蓮の隣――つまり私の足元でちょこんと座った。

宙空を見上げるようなその視線は、明らかに私を見ている。ピートはそのままお腹を見せるように転がった。ピートはこの甘えたポーズを蓮にはしない。

ピートには私のことが見えているんだ。たとえ幽霊になっていても、猫には見えている。蓮もそのことに気づいたようだった。

「なおちゃん、そこにいるの？」

震える声で蓮がつぶやく。

「いるよ」

答えた私の声は、きっと聞こえていない。

だって彼は幽霊が見えない。聞こえない。触れられない。

もう死んでしまった私からはなにも伝えることはできない。

それでもピートの様子から、私が隣にいたことは伝わった。きっとお祭りを一緒に歩いたことも、わかってくれるはずだ。

蓮の目から涙が落ちる。

「僕は君に、伝えたいことがあったんだ。たくさん、たくさん……話しきれないくらいあったんだよ」

「私もね、本当は言いたいことがあったんだ。これから一緒にやりたいこととか、妄想してたこともたくさんね」

でも、もう十分だ。浴衣姿を見てもらえなかったのは残念だけど、泣いている顔を見られなかったのはラッキーだった。

私は蓮とピートに見送られて、遠くへと旅立つ。

「好きだったよ、蓮」

臆病な私は、伝わらないからこそ自分の気持ちを正直に口にできた。

これ以上は望まない。望めない。

もしまだ私が願うことができるとすれば——

「どうか、幸せに」

彼が今後生きていく中で、あんまりひどいことが起きませんように。一緒に生きていくことはもうできないけれど、彼の幸福を願い続けることはできるはずだ。

灯籠が流れていく。

私の未練も、後悔も、すべてをのせて、私をどこか遠くへと連れて行く。

でも怖くはない。灯籠には、蓮が私にくれた優しい光が灯されているから。

「僕はずっと――」

河川敷にいる蓮がなにかをつぶやいた。でも灯籠と一緒に流れていく私には、もうその告白は聞こえない。

でもなぜかその想《おも》いは不思議と伝わってくるような気がして。

だから、私は幸せだった。

幸せだった。

世界が十五になる前に。

天沢夏月

二月八日（木）

二月の教室は、私立高校の試験日が近くて殺気立ってるやつもいれば、都立向けの参考書を血走った目で睨《にら》んでるやつもいて、休み時間すらも空気がピリピリと痛い。

「司《つかさ》はチョコもらったりしねーの？」

そんな受験シーズン真《ま》っ只中《ただなか》の一角で、頭ん中桃色の馬鹿が二人。いや、どっちも頭はいいんだけど。

「は？　誰に」

「そりゃ、ほら……」

萩原《はぎはら》があごをしゃくるのが見えて、私はとっさに目を逸《そ》らし顔を隠すように前髪をつまむ。

「……いや、それはない。ってかなんであいつ」

「いやだって、お隣さんで幼馴染《おさななじみ》とか、フラグ立ちまくりじゃん？」

「なんのフラグだよ。っつーかもうじきご近所じゃなくなるし」

「だからこそじゃん。ドラマチックだねえ」

うちの中学に内部進学はないし、三年はほぼ漏れなく受験戦争に駆り出されるけど、二月ともなればすでに戦いを終えた者も一定数存在するわけで……その気の緩みからか、ひそひそ声にしては大きいボリュームのおかげでしょうもない会話はしっかり聞き取れてしまった。前髪をねじる指に力がこもり、シャーペンの芯が折れる。目の前の単語帳はさっきからleaveというカードから進まない。なんだっけな、意味。

「お、降ってきた」

誰かの声で教室がにわかにざわついて、つられて目をやると窓の外に灰みたいな雪がちらちらと舞っていた。勉強から逃れる口実を求め窓辺に駆け寄るクラスメイトを尻目に、私はもう一度あいつの方を盗み見る。ぐるぐるにねじれた前髪の陰から、欠伸《あくび》を噛《か》み殺《ころ》す呑気《のんき》な横顔が見え、胸の中で思わず悪態をつく。

——雪に足をとられてこけろ。ついでに眼鏡も割れてしまえ！

鞄《かばん》からスケジュール帳を取り出すと、二ヶ月先のページが自然と開いた。入学式の予定すらまだ書かれていない、まっさらな四月。何も決まっていない未来を、真っ白なキャンバスに喩《たと》えるのはあまり好きじゃない。何にでもなれるというよりは、何者にもなれないと言われている気がして。

「……あ、」思い出した。「leave《去る》、か」

二月九日（金）

「あの子、卒業と同時に引っ越すんでしょ？　大変だねぇ。試験受けるためだけに大遠征してるらしいじゃん」

「……そのわりに余裕そうだけどな」

俺たちの視線の先にはうっすら雪の積もったグラウンドがある。ダッフルコートを着込んだ女子生徒が数人、手に息を吐きかけながら雪玉を投げ合っていて、一人はよく見知った顔だ。なにやってんだあいつは。

「心配なら勉強見てあげりゃいいのに。まだご近所っしょ？」

もうじきご近所じゃなくなる――昨日自分で言った言葉を思い出し、萩原を蹴飛ばそうと伸ばしたつま先は空を切った。たまたま家が隣同士なだけの幼馴染。それがどこか遠くの幼馴染になったところで、大して口もきかない今と何も変わりゃしないだろ――そんな胸の内は顔に出ていたのか、萩原はニヤニヤしたまま、

「なあ知ってる？　バレンタインってなんで二月十四日なのか。命日らしいぜ。バレンティヌスさんの」

「だからなんだよ……」

「もう少し長生きしてくれりゃよかったのになって。一ヶ月くらい」

何を言いたいのかだいたい見えてきて、俺は無視を決め込む。

「ほら、司の誕生日二月十五日じゃん。バレンタインと誕生日一括《ひとくく》りにされがちだろ？　クリスマスと誕生日が近い人みたいにさ。だからあと一ヶ月くらいバレンタインがズレてたら、あっ痛い痛い暴力反対」

ひょいひょいかわしやがって当たってないくせに、痛い痛い言うもんだから、俺だけが周りから白い目で見られる。いや、当たってないんです先生、マジで。

「関係ねーよ。っつかバレンティヌスって処刑だろ確か。長生きもクソもないじゃん」

息を切らしながらぼやくと、萩原は神妙な顔になった。

「まあそれはそれとしてさ。誕生日とバレンタイン別々にもらえたら嬉《うれ》しいっしょ？」

俺はため息をついてかぶりを振った。口の中が、カカオパウダーでもぶちまけたかのように苦い。

「だからそれはないんだって。絶対」

「誰からとは言ってないけど」

「顔がうるせーの。おまえは」

二月十日（土）

「あげないよ、絶対」

「えー、なんで？」

千明《ちあき》が心底不思議そうな顔をするので、私は少し苛々《いらいら》する。

「そもそもなんであいつが出てくんの」

「だって……昔仲良かったしさ。それに……」

予備校を出た途端、首筋を撫《な》でていく刺すような冷気に、勢いよくマフラーに顔を埋める私を見て「亀みたい」と千明は笑う。かまうもんか。寒いもんは寒い。さっさと帰ろうと跳ねるように歩き出すと、今度は「兎《うさぎ》みたい」だって。一人で童話やってんじゃないいんだけど。

バレンタイン・カラーの菓子店の前を通りかかると、千明は吸い寄せられるように足を止める。ここ最近の彼女ときたら、駅までの道すがら、チョコレートのチの字でも目に入ろうものならすべての店に立ち寄る勢いだ。手作りの参考にしたいらしいけど、今日は早く帰る。帰るったら帰る。……ねえ、寒いんだってば。早く帰ろうよ。

「ちょっと覗《のぞ》いてかない？」

電飾に照らされ、ピンクやハートに彩られたショーケース。目をきらきらさせてチョコレートを物色する千明の顔が映り込んでいて、私は白いため息をこぼした。

「受験生なのに余裕だねえ」

千明は硝子《ガラス》越しに私をキッと睨んだ。

「受験生の前に中学生じゃん。それに瑠姫《るき》、しばらく試験ないんでしょ？」

確かに本命の県立高校の試験は三月だけど……などと考えているうちに、千明は中に入っていってしまった。

棚の高いお店だった。色とりどりの可愛《かわい》らしいラッピングが、場違いな私を威圧するように見下ろしてくる。言い訳がましく近くにあった商品を適当に手に取ると、すいーっと千明が寄ってきた。

「何か伝えたいなら、最初で最後のチャンスかもよ」

別に伝えたいことなんかない。と言い返すのは簡単なはずだったけど、なぜだかその言葉は喉の奥で詰まってしまった。さっきから、甘いチョコレートのにおいが記憶の水面に波紋を立てている。確かに最後かもしれない。でも、

「……最初じゃ、ないんだ」

二月十一日（日）

「そういや、これが最後だったな……」

けたたましいベルの音で目を覚まし、乱暴に止めた時計の針は七時ちょうどを指していた。十五分引き算をするまでもなく早起き過ぎだ。昨日の夜、間違えてアラームのスイッチを入れてしまったらしい。直前まで変な夢でも見ていたのか、やけに喉が渇いている。

「ずいぶん早起きじゃない。なんか用事？」

冷え切った廊下をつま先立ちでダイニングまで歩いていくと、すでに姉貴が起きていた。そっちこそ、と思うけど、別に姉の休日の予定になんか興味はない。

「いや……目覚ましのかけ間違い」

「ああ、鳴ってたわね。瑠姫ちゃんが起きろって言ってんじゃないの。自分が受験終わったからってあんた、土日あほみたいに寝てるから」

「勘弁してくれよ。ただでさえ嫌味の塊なのに」

十五分進んでいる分針。音もバカみたいにでかい。嫌がらせ以外の何物でもないその時計は三年前、中学に上がる前にどこぞのお隣さんから誕生日プレゼントという名目で贈られたものだ。

「文句言うなら使わなきゃいいだけなんだよねー」

と、姉貴は知ったふうに笑う。うるせえ。でも正しい。部屋へ戻り、先ほど乱暴に止めたせいか、件《くだん》の目覚まし時計が床に落ちているのを見ると、慌てて拾い上げてしまう自分にイラッとする。時刻は七時半。まだ、七時十五分。頑なに十五分ズレのまま使ってきたのも、今となってはむなしい意地だ。

二月十五日の誕生日プレゼント。中学に上がるまで律儀に毎年くれていた。窓の向こう、数メートル先のあいつの部屋から突っ張り棒で窓を叩《たた》かれて、開けたと思ったら投げ込まれるのだ。きっかけはバレンタインだった。チョコをもらうところをクラスのやつらに見つかって、からかわれたんだ。二人で誤魔化すのに必死になって、渡すだの、もらうだのって、そんなことは頭から吹っ飛んで……とっさに言ってしまった。「これは誕生日プレゼントだ」って。その翌年からだったな、窓越しに放り込まれるようになったのは。

ふっと、萩原との会話を思い出す。

どうせならあとちょっと生き延びてくれりゃよかったのに。

二月十二日（月）

もう少し遅く生まれてたら何か違ったのかな。

放課後の教室、萩原たちと馬鹿話をしながらときどき私が知らない顔でくしゃっと笑うそいつを見ていると、不意に胸が痛んだ。隣の家に住んでいても、同じ教室で過ごしていても、なろうと思えばいくらでも他人になれるんだ。「話しかければいいじゃん」と千明に背中を小突かれるけど、そんな簡単じゃないよ。今さらさ。

「先、予備校行くね」

彼女のもの言いたげな視線を振り切って、私は教室を後にする。

一昨日、結局千明に乗せられて、赤いパッケージの板チョコを何枚か買わされたんだ。受験勉強の合間に自分で食べちゃってるから、何の意味もないけど。あと一枚だけ残っているのだって、きっと今夜食べ切ってしまう。私の胃に収まろうが、あいつの胃に収まろうが、二月十五日以降の世界には何の影響もないはずなのに、その一枚を自分が食べているところを想像すると、胸がぎゅっと苦しい。

小さい頃に、一度だけ渡そうとしたことがある。というか、渡した。でもそれは、〝誕生日プレゼント〟として……以来、二月十五日になるたびに贈り物をしてきたのは、どちらかといえばあのとき否定できなかった自分への言い訳だったように思う。

——もういいよ、こういうの。

最後に目覚まし時計を渡したとき、そう言ったあいつの、疲れたような顔をよく覚えている。何かが苦しくなって、それからはほとんど話すこともなくなった。三年のクラス替えで久しぶりにクラスメイトになってもそれは変わらず、もうすぐ一年が過ぎようとしている……このまま終われば、もう二度と会うこともないんだろ、

「危ないっ！」

けたたましいクラクションと、腕を強く引っ張られたのはほぼ同時だった。鼻の先を、乗用車のサイドミラーが掠《かす》めていく。自分が轢《ひ》かれかけたことに気づくのに数秒かかった。気づいた瞬間、ぶわっと冷や汗が噴き出して、顔から血の気が引いていくのがわかった。

なにやってるんだ。受験前にこんな思考をこじらせて死ぬとか、最悪過ぎる。

慌てて振り向いて命の恩人に礼を言おうとした私は、魚のように口をぱくぱくさせた。

嫌ってほど見覚えのある眼鏡……なんであんたが、ここにいるの。

二月十三日（火）

たまたまだった。本当に。少し前をあいつが歩いているのは気づいていて、わざと追いつかない程度のスピードで歩いていたら、ふらふら赤信号の横断歩道に出ていこうとするから、慌てて止めに入っただけ。

――ありがと。

学校までの道を欠伸を噛み殺して歩く間も、昨日のその一言が脳裏にリフレインしている。お礼なんか言われたのは、ひどく久しぶりだった。ずいぶん言いづらそうに、自分のつま先を親の仇《かたき》かってくらい睨んでいたが、口をきいたの自体数ヶ月ぶりの珍事……いや、そもそもあれは現実か？　風呂上がりに髪も乾かさずぼーっとしてたから、湯冷めして変な夢でも見たんじゃないのか？

考えているうちに学校につき、昇降口で見知った顔を見つけて足が止まった。

「……俺、嫌われてんのかと思ってた」

そんな言葉が、ぽつりと口からこぼれ落ちると、瑠姫は振り向いて、なんともいえない顔で視線を泳がせる。

「そんなことない」とつぶやいて、慌てたように付け加える。「周りが、こう、色々言うから……言われるから。そういうの、私も嫌だし、司も迷惑かなって」

目が合わないのは、自分の視線も泳いでいるせいだと思う。

「迷惑ってことは……ねえよ。そりゃ、鬱陶しいなくらいは思うかもしんないけど……だとしても、瑠姫が悪いとは思わないし」

しゃべるの下手くそか。なんでこう、ぎこちない言葉しか出てこないんだろうな。昨日の方がまだマシだ。

「……そっか」

「ウン」

「じゃあ……」

「おう」

同じ教室に行くんだから別れる理由なんかないけど、先に歩き出した瑠姫をぼんやり見送っていたら、後ろから勢いよく背中をド突かれてつんのめった。

「なになにー、おまえら一緒に登校するような仲になったの？」

じろり、と睨むと萩原は冗談冗談と両手を上げたが、目がニヤニヤ笑ってやがる。

その尻を蹴飛ばそうと足を振り上げた瞬間、大きなくしゃみが出た。

二月十四日（水）

——なんで休むんだよ、今日に限ってさァ！

日中千明がキレ散らかしていたときはまあまあとなだめてたけど、家に帰って冷静になってみると確かになんで今日に限って休むんだよと思う。風邪を引いたらしいというのは、訊《き》いてもないのに萩原が教えてくれた。風邪なら仕方ない。仕方ないけど……。

ベッドに寝転がったまま、カーテンの隙間から隣家を盗み見る。司の部屋に灯《あか》りはついていない。時刻は二十三時五十五分。あいつの部屋の時計は、もうとっくに零時を越えた頃だ。

私は意を決して身を起こした。窓を開け放つと、凍《い》てついた二月の夜風に身が凍りつく。司の部屋まではほんの数メートル。白い息を吐きつつ、昔そうしていたように、突っ張り棒を伸ばして窓硝子をトントンとノック。

しばらくして部屋の電気がついた。もう一度時計を確認する。二十三時五十七分。司が顔を出した。寝てたって顔だ。そりゃそうだろうな。顔が少し赤い。熱、下がってないのかな。

「……何時だと思ってんだよ」と、不機嫌そうな風邪声。

「受験生にとっては別に遅くもないでしょ」

「こっちはもう一般人なんで」

「うわ、嫌味」

どうしようかな、やっぱやめようかなと思うけど、こんな時間に病人叩き起こしておいて今さら腰が引けても格好がつかない。なにより、明日千明にぶん殴られてしまう。

「で、なんの用？」

私は最後にもう一度だけ時計を確認して、ぽん、とそれを投げた。くるくると放物線を描きながら、赤い小包が宙を飛んでいく。ぽすっ、と司の手に収まった瞬間、顔が猛烈に火を噴きそうになって、あの呪いの言葉が口を衝《つ》いて出そうになるのをなんとか呑《の》み下《くだ》した。

「ナイスコントロール」

「バスケ部なめんな」

あんま関係ないけど。

「で、これ何……ああ、誕生日プレゼ……」

二月十五日（木）

言いかけて、俺は首を傾《かし》げる。

今、世界は日付の境界線上にある。二月十四日。二月十五日。どっちの日付で受け取ったかなんて、傍《はた》から見れば些細《ささい》なことかもしれない。だけど俺たちにとって、それは。

「……これ、どっち？」

誕生日プレゼントなのか、それとも。

「時計見ればわかんだろ、ばーか」

夜風の冷たさに紅潮した顔で「おやすみっ」と叫び、瑠姫はぴしゃりと窓を閉めてしまった。

振り返って確認した部屋の時計は、まだ零時十四分。

見花

入間人間

『ここより』

高い場所は、良《い》いものも悪いものもよく見渡せる。我が国と隣国の灯《あか》りの差に口元を結びながら、目を逸《そ》らしてはならぬと、じっと見下ろす。

高い丘の端、崖に等しいその場所からの見晴らしは夜になっても絶景であった。山の上を吹く風が流れ込んできて、冬と向かい合うように身が震える。

しかしその冷たさが、私の中にある熱い焦燥を包んでは奪い去っていく。

「川上《かわかみ》様?」

共に訪れた牧女が私を呼ぶ。女にはやや辛《つら》い道のりではあったが、牧女は文句や弱音もなくついてきてくれた。これから彼女に告げようとすることを他の者に知られたくはなく、こんな高いところまで来てしまった。

「よいのですか、このような夜に。ちゃんと眠らなくてはいけないお身体《からだ》ですのに」

「考え事が多くてな、近頃寝つきが悪い」

「明日は隣国の姫君との婚儀がございますのに」

牧女の声と肩が沈むのを感じる。同様に俯《うつむ》くと、足元に僅かに咲く花が揺れているのが見えた。踏まないよう、足の位置をずらしてから、顔を上げた。

「それなのだが……断ることに決めた」

牧女が息を呑《の》むのが夜の空気越しに伝わる。

「確かに隣国との繋《つな》がりを強めれば他国の侵略から堅牢《けんろう》とはなる。しかし、一度属国となれば抜け出す術《すべ》はない。今は守れても、後でどうなるか……私はこの地と国を後の者に、よりよく、正しく託したいのだ」

それがかつてこの地に生きてきた者たちから継いだ、たった一つの正しさだろう。

牧女は瞳を震わせながら、私を見上げている。耐えるように、己の肩を抱いて。

「それに考えてもみれば、お主との約束の方が先だ。先に約束した方を優先するのは、当たり前のことではないか」

こちらも古き盟約ではあるが、この約束を守るというのは、不思議と、気が晴れやかだ。それは私と牧女の想《おも》いというものが関係しているのだろう。

「牧女、受けてくれるか？　この地を共に守ってほしい」

私の決断は愚かであるかもしれない。この地を守れないかもしれない。

しかし後悔はない、と牧女の手を取る。

牧女の手は丘の風の寒さ以外で、微《かす》かに震えるようだった。

『15年後』

「このようなところ、誰に教わったのだ？」

「大婆様《おおばばさま》の思い出深き場所と聞きました」

まだ婆様などと呼ばれるお歳《とし》ではないだろうに、とその顔を思い浮かべて少し笑う。

丘をまたぐように横切り、崖の近くまでやってくると風が気持ちよかった。

他では見ない紫の花がぽつぽつと草むらより飛び出している。

その花を目印にでもするように側《そば》で立ち止まった彼女が、こちらに向き直る。

「あまり乗り出して下を覗《のぞ》いてはいけませんよ、危ないですから」

「子供を相手にしているとでも思っていないか？」

「姉の言うことは素直に聞きなさい」

「まだ義姉ではないだろう」

冗談めかす彼女の物言いを流して、共に景色を見下ろす。

決して良い状況とは言えぬ我が国。そして、広大なる隣国。

だがここから覗けばどちらも本当に小さいものだった。

「この地を守って、死んでいき……それが何になるという気持ちもある。しかしいつか、何かがあるかもしれん。その何かを俺が見届けることは叶《かな》わんかもしれんのが、少し歯がゆい」

人生というものはあまりに短い。自分がなにを成したかも分からぬまま死んでいくしかないだろう。……いや、一つ確かに成すことが近々あるのだが、と横を見る。

「お前の妹は大人しく摑《つか》みづらい娘ではあるが……俺が幸せにすると誓おう」

国のための結婚。それは時として自分や、誰かの気持ちに反する結果だった。

「大層可愛《かわい》がっていた妹を奪うような形になって、申し訳ないとは思うが……」

「いえ……」

否定しながらも、彼女の目端に光るものが混じる。そこじゃないとばかりに。

その涙はきっと、家族への親愛だけではないのだろう。

共に郷里で育ち、ここまで来て……それくらいは察することができた。

俺を見る目から伝わるものに、自然、頭《こうべ》を垂れる。

「本懐を遂げさせられなくて、すまん」

そう謝ることしかできなかった。

彼女は涙もそのままに、困ったように、それでもせいいっぱい笑うのだった。

『150年後』

娶《めと》った娘は小柄で、丘を巡る強い風に晒《さら》されると飛んでいってしまいそうだった。

妻は、物静かな女だった。顔色の変わらぬ女だった。なにを考えているのか分からぬ女、それに尽きる。最初はそう思ったものだがしかしそれは、俺が妻を理解しようとしていないのかと気づいた。だから、屋敷《やしき》という囲いの外で改めて向き合ってみようと、この丘に妻と二人でやってきた。見晴らしのよい場所がいいと言ったからだ。

くるぶしをくすぐるような花弁の動きで、足元の花に気づく。丘を彩るそれは、夜に紛れながらも見分けられるほどに色濃い紫を宿している。今の俺のように、或《あ》るいは別の誰かのように。我が国を、この場所から静かに見守り続けてきたのだろうか。

その花を敷物《しきもの》とするように、二人並んで座る。

「今日は、いつも一緒にいる女中もおらぬのだな」

「ええ」

妻が小さく顎を引く。本人の意志より大きなものの働く婚儀であったのは間違いない。お家《いえ》より共に参って常に傍らに寄り添う女中にしか心を開いていないのは見て取れることだった。

「……悪かったな、このような夜更けに。寒くはないか」

「いえ」

今度は無表情に顔を横に振る。溜息《ためいき》を一つ吐《つ》いた後、俺は、自分のことを語った。

妻を知るより先に、俺を知ってもらった方が早いと思ったからだ。

「俺はこの地を守らねばならん。先祖がそうしてきたように守り抜き、後世の者にこの地を託すのが使命だ。……が、使命とはまた別に守るべきものを得た、と思っているのだが」

語り終えた後、妻の顔を覗く。妻は、じっと、俺を見つめ返してくる。

……分からんのでもう諦めて、本人に聞いてみた。

「もっと、はっきり言った方がよいだろうか？」

出来栄えに自信がなく、思わず妻に意見を求めてしまう。

それの何がおかしかったのか。

俺の顔か、情けない声か、それとも、もっと別のなにかが作用したのか。

蕾《つぼみ》のように閉じきっていた妻が、開花する。

俺はこの時初めて、妻の頬がほころぶのを見たのだった。

『1500年後』

「俺の遠い遠い…とぉーいご先祖様もこうして町や景色を見下ろしていたのかも」

「ふーん」

彼女はちらりと崖下を覗いて、すぐに首を引っ込める。そして紫の花を踏みしめる……いや足で掻《か》き分《わ》ける音。脛《すね》を覆うほどに育った菫色《すみれいろ》の花弁が俺たちの足元と丘を埋めていた。匂いも色も濃く、大地の豊饒《ほうじょう》さを謡うようだった。

「あとさ……ここには、ほら……男女が来るといいことあるよ的な伝承あるじゃん」

「好きな女を連れてこいじゃなかった？」

「随分と噛《か》み砕《くだ》くねぇ。それで、ここにお呼び出しがかかるってことは……そういう？」

「べつに。……だってあんた、宇宙に行くんでしょ？」

彼女が風に煽《あお》られる髪を押さえながら、つまらないことのように言った。遮るものがなく降り注ぐ陽光に手でひさしを作りながら、彼女の言葉に応える。

「すぐに宇宙へ飛ぶわけでもなく、選ばれるかどうかも分からず。決まってはないよ」

「もう一人の子と最後の席を争ってるんだっけ」

「そう。賢い女さ、まぁ譲る気はないけどね」

「ふぅん……あの子、すごい頑張ってるからさ。負けるかもね」

「おや、負けてほしいような言い方だな」「べっつにー」

即座に否定した彼女が目を逸らす。彼女のそうした言い分の意味を理解して、微笑《ほほえ》ましいものを感じ取る。彼女はいつもそうだ、素直じゃないのに、分かりやすい。

「俺が宇宙に行ったら、月の石を土産に戻ってくる。……で、それやるから……結婚しない？」

だから俺はどこまでも素直になるくらいで、丁度いいのだろう。

いきなりの結婚の申し込みに、彼女は最初、目を丸くする。

以前、この土地を離れられないと寂し気に答えた彼女に、それなら、ここで待っていてほしい。

「ふ」

堪《こら》えきれないように、彼女の肩が上擦る。

そして彼女は、とても馬鹿馬鹿しい話を聞いたように。

咲き乱れる花の一部となるように。

思いっきり、笑うのだった。

『1500年後』

流石《さすが》に宇宙人を接待する人生は想像していなかった。あと十万年くらい早い気がしていた接触は人類の涙ぐましい努力によって果たされて、今やこのめっちゃ地元感溢《あふ》れる丘の上にまで進出している。ていうか俺の家に住んでいる。ホームステイだ。

そんなものになぜ大抜擢《だいばってき》されたか、未《いま》だに分からないので病みそうだった。嫁に聞いて、ここが一番気に入っているということで丘の崖先までやってきた。過去の映像記録にも残っていた景色と、ここから覗けるものはいくら時代を経ようとなんら変わりない。強いて変化を上げるなら、これ、と花を摘む。

立っていても腰に届くような、立派な花畑が出来上がっていた。その中に宇宙人の女の子と座っている。人生ってわけわかんねぇな、と頬杖《ほおづえ》をつきながら笑う。

嫁なんて既に友達としか思っていないようで、家でも外でも自由に接しては連れまわしている。この交流の如何《いかん》で今後のお付き合いが決まるかもしれないのに、嫁の奔放さが少し羨ましい。時々怖い。

で、宇宙人の女の子……見た目はちょっと薄い儚《はかな》そうな子にしか見えない。

髪の色は若干変わっているけど。時々、虹色に光っている気がするのだ。

「花」「花ですねぇ」「ぐりゅぐりゅ、ガオー」

威嚇するように両手を上げるけど、意味が分からないので曖昧に笑うしかない。

こちらの星の言葉はまだ不完全ながらも理解はできるみたいで、嫁が色々教え込んでいる。きっとろくでもない言葉も教えているんだろうなぁと生暖かく見守る日々だ。

花畑に手をついて、息を吐き、空を見る。

かつてこの地で生まれたやつが宇宙への道を開いた、らしい。俺の家に宇宙人が預けられたのもそこに関係しているのかもしれない。色んなやつが生きて、この土地に文明築いて、気づけば宇宙にまで手が届いて。年月が、この花のように育てたものがある。

俺はこの宇宙人と出会って、どんな道を築いていくのか。

なにも残せなくても恨まないでくれよ、と未来に笑って詫《わ》びる。

「よーめー」

急に朗らかに俺の真似《まね》みたいなことを口にするので驚いてしまう。

「わたし、よーめー」

にかーっと。やはり、俺を真似て遊ぶような、満面の笑みがそこにあった。

『150000年後』


「はかせー、どこですかー」

「それはこっちが聞きたいぞー」

声はお互い近くにあるのに、なかなかその姿が見えてこない。藪《やぶ》のように花の茎を掻き分けてようやく、「わっ」「どうも」見つかる。丘を埋める花は僕の肩の高さまで育って、花畑などという可愛いものではなくなっていた。林か森のようだ。

その立派な花の向こうに、彼女の柔らかな笑みがある。

「次の定期船にはこの花も贈呈品として積まれるそうだね」

「ええ。異星の方々の心をくすぐるものがあったみたいで」

彼女の人差し指が、顔の側の花をくすぐる。

「もしかしたら、ずっと遠い時代には、同じ花がその星にあったのかも」

「そうかもしれんね……」

源流を辿《たど》ったら、みんな同じ地点から出発しているのかもしれない。

夕焼けの差し迫る中、彼女はその燃えるような輝きの中で花と共に色づく。

「この景色が、この場所が、ずっと遠い場所にもできたなら……素敵と思いませんか」

花に負けない美しい笑顔が、見果てぬ遠い未来を物語る。

同意しかけたが、あまりに視界に入り込んでくるので若干息苦しい。

「しかしいくらなんでも育ちすぎではないのかね」

「あはは、ずっと、ずぅーっと誰も手入れなんてしていないのでしょうね」

「うむ……」

人生などを遥《はる》かに超える身の丈で、ずっとここで、人を、世界を見届けてきたのだろう。そしてその花が、別の星でいつかまた咲いていくのかもしれない。

この地に生きてきた者の証《あかし》を継ぐように。

「そういえば、博士はどうしてここに？」

痛いところを可愛い声で突かれる。ごまかそうにも、なにも思い浮かばなかった。

「いや、なに……きみが、こっちに行くのを見かけてね」

誤解しないでくれとも言《い》い難《にく》いので、気まずく、彼女の反応を確かめると。

「まぁ」

彼女の顔がほころび、開花するように白い歯が眩《まばゆ》い。

そんな犬狛《いぬこま》君の笑みと紫の花が、重なって見えた。

『15秒後』

私が返事をしようと口を開き、声を出そうとするのと、川上様の頭が赤く爆《は》ぜるのはほぼ同時でした。出かかった声と息を呑み、月明かりの中に浮かぶ赤色を凝視したまま一歩も動けませんでした。しかしそれは、恐怖からではなかったのです。

私は、感動に打ち震えていました。

強い血の臭いの向こうに、あの方の纏《まと》う香気があったからです。

倒れ込んだ川上様に、不慣れな動きで何度も直剣を叩《たた》きつけます。最初の一撃の当たりどころが良かったのか、川上様は倒れたままほとんど抵抗がありませんでした。

完全に動かなくなった後、直剣を死体の背中に突き刺して、あの方が息を荒げながらその場に座り込みます。私は川上様の死体を無視して、その方のお側に寄り添います。

「我と主同様、主と牧女も古き契りでしかないのに、なぜ通じ合っていると思ったのか……のぅ?」

返り血に濡《ぬ》れた犬狛様が、大粒の汗もそのままにいつもの尊大で、超然として……そして何より美しい笑みを浮かべます。私は思わず、泣きそうになってしまいました。

　ああ、犬狛様……まさか来てくださるとは。隣国の犬狛様とは数えるほどしかお会いしたことがありません。僅かに話す中で気に入ったと仰《おっしゃ》っていただきましたが、身分の違いもあり、本気と受け取るのも失礼かと思っていました。

　しかし犬狛様は……今こうして、私の元へ来てくださいました。

「主を他のものに取らせはせん。我のものだからな」

　ああ……と陶酔が広がります。その一言が返り血の臭いさえ忘れさせます。

「主の国は、この地は我が守る。悪いようにはせん」

「でも川上様を殺してしまって……」

「死体は放っておけばいい。明け方には消化されている」

　足元の紫の花弁をむしり取る犬狛様の笑みは、女性と思えぬほど精悍《せいかん》なものでした。

「この花はな、この丘にしか咲かぬ。名前も知らぬ花だが、こやつはな、人の血と身肉を養分にして育つのだ。だからその死体を食って、またさぞ立派に咲くことだろう」

　犬狛様は怪談話を語っている様子はありません。至極真面目に、花を見せてきます。

「ようするに、そういう生き物なのだ。本当に花かすらも分からん、そういう形で欺いているだけやもな。死体を消してくれる花なのだ、知れば人は利用する。それはつまり、人が花にとっての餌を運んでくるということ。そうやって滋養を確保する花なのだ。実に面妖で愉快な生物があったものよ」

心底、愉悦であるように。犬狛様はただ笑うだけです、そして。

「この地に住む者、お主が信じる者……受け継ぐに相応《ふさわ》しき者にだけ秘密を伝承せよ。必要な時に迫られたら、この丘を訪れよと。花に利用され、そして花を利用するのだ」

犬狛様が、ちぎった花弁を私の頭に、飾るように添えます。

衣から伸びた白磁のような曇りなき腕に、目を奪われそうです。……しかし。

思えば、この夜更けに。この高い丘に。犬狛様は一人でどうやって訪れたのでしょうか。犬狛様のお住まいになる国は隣国と言っても随分と距離があります。

そして、今、この場だからこそ、丘に吹く寒々しくも強い風が教えるのですが。

犬狛様の纏う香気と、この紫の花は同じ香りがするのです。

そんな懸念はあれども、しかし。私の心は震えていました。

犬狛様が何者であろうと、肩を抱かれ、手を取り。私にそれ以上の幸福はありません。それが許されるというのであれば、私は、その言いつけを守りましょう。

いつかも、遥か果てのいつかにも、この丘と住まう者に、愛を。

呪いを。

この丘に、命という花を捧《ささ》げよと。

前略　十五の僕へ

時雨沢恵一

『前略　十五の僕へ』


突然のメールに驚かれているでしょうが、まずはこの文章だけでも読んでください。

この電子メールは、今から二十年後のあなたから、十五歳のあなたへ向けて送られたものです。冒頭の説明文章（つまりはここです）の先に、メール本文があります。

二十年後の未来では、〝人や物〟を過去に送ることはできなくても、〝電子メール〟だけはそれが可能になりました。詳しい技術については書けません。このことは、一般にはまだ発表されていません。

これは、人類にとって、歴史上類を見ない壮大な実験です。ランダムに選ばれた、ごく限られた、そして三十五歳の人間にだけ、『二十年前の自分に、メールを送りたいか？』という提案をしました。未来のあなたは、それに選ばれ、受諾をしたのです。

もちろん、私達は理解しています。これが、『自分達の過去』へ送れるメールではないことを。なぜなら、選ばれた誰もが、そのメールを受け取った記憶や記録が一切ないからです。

つまり過去を変えることは何があってもできず、私達が送ったメールを受け取った瞬間、私達とは違う歴史を歩み始めるのです。世界は幾重にも分岐するのです。

そうであっても、別の世界を生きる二十年前の自分へ伝えたいことがある人が、メールを書きました。その自分は、未来を変えられると信じて。

内容には、検閲があります。二十年の間に起きた出来事で書いていいのは、個人的なことだけです。どんな事件が起きたかとか、賭け事で有利になるようなことは一切書けません。

メールを受け取ったあなた方の中には、信じない人もいるでしょう。手の込んだ迷惑メールだと思われても仕方がないでしょう。それでも構いません。

この先に、メールの本文があります。もし、あなたが二十年後のあなたからのメッセージを読みたければ、このまま進んでください。何も知りたくないと思ったら、このメールごと削除してください。

これから別の世界を生きる皆様に、幸あらんことを願います。

ライアム・プロジェクト日本支部

前略　十五の僕へ

信じてないかもしれないけど、読んで欲しい。僕は二十年後の僕だ。

八歳、小二の夏休み最後の日、裏山で沼に胸まで落ちて、絶対に近づくなと厳命されていたのを破ったと親に怒られるのが嫌で、必死になって公園の水で体や服を洗って、でも誤魔化せるだろうかと不安に思っていたら突如大雨が降ってきて、結果的に一切バレずに怒られなかった僕だ。どうだい？　これを知っているのは、僕だけだろ？

僕は今三十五歳。大人だ。自分のことなら書いていいらしいから書いてしまうぞ。

僕は必死になって勉強した。大学は難関の第一志望に入った。そして、卒業後は大企業に就職して、言わばエリートサラリーマンとして過ごしている。

高い給料をもらって、バリバリと働いている。自分がこんなに、かつてドラマで見た昭和《しようわ》の猛烈社員になるとは、予想もしていなかったよ。

二十九歳で、結婚した。誰とは書けないけど、素敵な人だよ。それも、初めて実った恋が、そのまま結婚に繋《つな》がったんだ。三年後に、双子が生まれた。今はとてもかわいい盛りだ。両親も元気で、孫の顔を見にしょっちゅうやってくる。

嘘《うそ》は書いてないよ。順風満帆の素晴らしい人生に見えるだろ？　実際そう思う。仕事が忙しく、子供達と遊べる時間が少ないのは玉に瑕《きず》だが、妻はそれを許してくれている。僕達の両親が、孫を可愛《かわい》がってくれているのもあるけどね。

十五の僕よ。本当にこれでいいのかい？

ああ、そうさ。素晴らしい生活だよ。成功したと言える毎日だよ。でも、どうしても、これを書きたいんだ。書かずにはいられなかったんだ。

この生活が、人生が、『大正解だった』のかい？　いや違う、『大正解に思える』のかい？

この生活より、楽しい毎日があるんじゃ――、いいや、あったんじゃないのかい？

十五の僕にメールを送れると知ったとき、僕は悩んだ。とても悩んだ。僕をどうやって導けばいいか。

そもそも、導いていいのか。

悩みに悩んだが、何が正解なのか、僕には分からないんだ。でも、僕はもう、この人生を過ごすしかないんだ。

十五の僕へ。君は見つけてほしい。

僕が見つけられなかった何かを。

草々

前略　十五のオレへ

よっ！　オレ。十五のオレ。その頃は〝僕〟って言ってたな。まあなんでもいいだろ？　オレはオレだからな！

間違いなくオレはオレだぜ？　証拠を書いた方がいいって言われたから書くけど、十二歳の時、オレは初恋相手の、隣のクラスの女の子の家の前まで犬の散歩で行っては帰るキモい行動を九十三回やっただろ？　偶然、会えないかってな。あれ、通報されなくて良かったな、いやマジで。遠くまで散歩できたコロ太は、毎回メッチャ喜んでいたけどな！　いやあ懐かしいぜ！　青春の一ページだぜ！

でもよ、二十年前のオレにメールとか、ちょっと信じられねえよな。「宝くじで百億円が当たったような幸運ですよ！」とか、目の前に来て言われちゃ無駄にもできねえかなって感じで書いてるわ。まったくどうやってオレを見つけたのやら。

実はオレな、今は海外にいるんだわ。なんでかっていうとだな、唐突に学校行くのがイヤになって、高校中退したんだわ。で、バイトで貯《た》めたお金を持って、海外に脱出したんだ。親にはもちろんナイショだ。わはは。空港で捕まらなくてよかったぜ。

外国語なんて全然できなかったけどよ、まあ、最悪死ぬだけだって思って、まあ、ムチャクチャな毎日送っていたぜ。詳しく書くと、本一冊になっちゃうからやめるけどな。ちょっと働いては別の国へ行く、放浪生活満喫だぜ。外国語も、いつの間にか通じるくらいにはなってんだわ。英語苦手だったのに笑えるよな。オレ天才かもな。

いろんな国でいろんな女と付き合ってさ、バカな友だちとバカやって、楽しかったわ。同い年のみんながやってるだろう、結婚して家庭を守って子供育ててとか、どこの世界の話だって感じだわ。

なあ、オレは頭がいいから気付いちゃったんだけどよ、このメールが届いているってことは『別の世界のオレ』からも、別の内容のメールが届いているだろ？　そうだろ？　たぶん、「しっかり学んで真面目に生きろ」とか「こうすれば成功するから絶対に同じようにしろ」とか、クソみたいなアドバイスが、オレから届いているはずだ。

でも、そんなのに惑わされずに生きろよー！　人生一度だけだぜ？　ハジケろよベイビィ！　オレは、オレが思うよりずっといろいろなことができるんだからな！

オレは今、ちょっとドジ踏んで海外の刑務所暮らしだが、まああと十年もすれば出られるわ。

がんばりな、オレ。後は書くことねーや。じゃーな！

草々

前略　十五の私へ

正直、胡散臭《うさんくさ》いと思いながら、これを書いています。

二十年前の自分にメール？　そんなの受け取った覚えはないので、いろいろあり得ない話だと思います。でも、話を持ってきた怪しい連中は、私のメールは確かに十五の私へ届くと言っています。私は疑わしいと思いつつ、一応は書くことにしました。

私は、高卒後、公務員をやっています。区役所の職員です。生活は安定しています。結婚はまだです。別にしようとも思わないですが。趣味は釣り。休日はずっと海に行っています。まあ、それなりに充実した毎日を送っていると言えるでしょう。

志望する高校に入ったら、同じクラスにシンザカ・エビスという、ちょっと、いいえ、だいぶ変わった名前の男がいて、やがて友達になります。

「焼き魚は頭しか食べない」とか「逆立ちしている間が幸せ」とか、「基本的に水風呂にしか入らない」とか、「三桁の掛け算は暗算できるが、年号は覚えられない」とか、「一人称が某《それがし》」とか、兎《と》にも角《かく》にもクセのある男です。翌年もクラスメイトで仲良くするが、三年になってクラスが違い、そのまま疎遠になります。

その後、三十歳でエビスは事業を興して、経済誌の表紙を飾るほど大成功します。そのことを、私は新聞記事で知ることになります。

二年前、学年全体の同窓会があって、再会したときに、エビスはちょっと酔っ払った状態で私に言いました。

「お前さえ良ければ、組みたかったけどな」

後悔など先に立たないことは知っていますが、もしエビスとずっと友達だったら、たぶん今頃は、私は誰もが羨む大金持ちだったんでしょう。欲しい釣り船が、ポンと買えたくらいの……。

私に人生の転機があったとしたら、間違いなくそこでしょう。だから、これを読んでいる私には、彼との楽しい友人関係は保ってほしいと、願うのです。

普通に馬鹿な事を言い合う友達でいいです。未来が変わってはいけないから、エビスが起業に興味を持っていることなど、一切話さなくていいでしょう。

ただ、仲のいい友達であればいいのです。

どうせ届かないだろうからと、つまんないことを書きました。

二十年前に送れるメール？　バカバカしい。

草々

前略　十五の×××××へ
やあ、×××××。
自分の名前をこうやって書くのは、不思議な気分だな。
これを読んでいるってことは、二十年後からのメールが本当に届いているってことだ。恐ろしい技術だな。電波だけは時空を超えられると言われ説明を聞いたけどサッパリ分からなかった。

さて、本題に入るぞ。

二十年後の自分からのメール、これが唯一じゃないんだろ？　たくさん来てるんだろ？　なんでそう思うのかって？　今いるそこが、未来からのメールを受け取る瞬間が、世界が枝分かれするポイントだからだよ。そこまでは一緒のはずなんだ。たくさん来た未来からのメールは、全てバラバラの内容だったろ？　それぞれの自分が、それぞれの人生を歩んで、そしてそれぞれのメールを送ってきただろ？

未来は、可能性は分岐する。無数に分岐する。

それで分かるだろ？　未来は何も決まっていないって。

だから、この先、×××××の人生はどうにでもなるんだよ。

来たメールは、全てまともに相手にしなくていい。

そもそも、書かれた通りにして、書かれた通りにコトが進むって保証は、どこにもないからね。

自分が夢見たルートとでも思ってくれればいい。

これからは、自分がやりたいことをやれ。メールの中で、参考にしたいものだけを、参考にしてな。

そうすれば、今の自分になれるよ。

具体的には、どんな自分かだって？

教えないよ。そんなの知らない方がいいだろ？　何かをトライする楽しみが、なくなるだろ？　でもこれだけは忘れないでくれ。自分は、常に自分の味方だって。

じゃあな、×××××。

事故に気をつけろよ。

健康に気をつけろよ。

草々

中学校の教室で、

「全員読み終わったかー？」

背広姿の中年教師が、三十五人の生徒へと訊《たず》ねました。

顔を下げたままの生徒が一人しかいないのを見て、

「全員読んだなー」

教師は決めつけると、唯一顔を上げなかった男子生徒に向けて、

「××××、そんなに恥ずかしそうにするなって。一番良かったんだから。コイツは罰ゲームじゃないぞー」

そう言って笑いました。生徒達も、屈託なく笑いました。

教師の後ろには黒板があって、そこにはこんな文字が書いてあります。

『作文課題・もし、未来の自分からメールが来たらどんな文面だろう？』『優秀作発表！』

「このクラスは力作揃《ぞろ》いではあったが、××××の書いたものが一番面白かった。一通ではなく四通で、しかも未来はいろいろあるという面白さがあった！」

教師は、今も縮こまっている男子生徒に訊ねます。

「××××、どこでこのアイデアを思いついたんだい？」

「えっと……、たぶん、見た映画とか読んだ漫画とか……」

××××が、どうにか聞こえる声で答えると、

「刺激を受けた、ってコトか。ちょっと意外だな、××××はそういうの、あんまり詳しくないと勝手に思っていた。それでもいい。面白ければな！」

教師が言い終えた瞬間にチャイムが鳴り、授業が終わりました。生徒達はそれぞれのノートパソコンを畳んで、昼食の準備を始めます。もう食べている人もいます。

教室を出た教師を、××××が追いかけて捕まえました。

「先生。この課題、先生が思いついたんですか？」

教師は首を横に振りました。

「いいや。文部科学省から、いろいろな学校に通達が来たんだよ。このお題で書かせるようにってね。こんなことは、珍しいんだが」

「そうなんですか……。ひょっとして、僕の作文も、どこかに提出するんですか……？」

「そうだが？ 文科省に出すことになってる」

「それは！ 止《や》めてもらっても……、いいですか？ 僕がモデルにしたSF小説にそっくりな会話とか、あって……。パクリだとバレます！ 学校が怒られます！ ごめんなさい！」

深々と頭を下げる生徒を見て、教師は少し悩みましたが、

「まあ、さすがにそれじゃあな。止めておくよ」

納得してくれた様子でした。

足早に昼食へ向かう背広の背中を見ながら、

「良かった……」

生徒は大きく安堵《あんど》の息を吐きました。

＊　＊　＊

二十年後。

「××××？　あ、いたいた！　何やってんだ？　主役がこんなところで。トゥディは、お前の誕生日パーティーだぜ？」

「ああ、すまない。どうしても、今この瞬間にやらなければならないことがあってね。でも、今まさに終わったところだ」

「さよけー。で、何してたんだ？　隠れて一人でやるコトなんて、そうはないと予想しているが……、さすがにそこまでヘンタイじゃないよな？」

「僕自身にメールを打っていた」

「自分に？　物忘れをする歳《とし》でもあるまいし」

「二十年前の自分へ、だよ」

「いよいよボケたか？」

「かもね」

「………。なんて送ったんだ？」

「オレの言うことを、信じてくれる……、のか？」

「信じてないが、もし過去に送れるという設定なら、お前という人間がなんて送ったのか、俄然《がぜん》興味がわいた」

「わはは！　結局、とてもとても悩んだけど、私が一番助かった文面と、まったく同じにしたよ」

「なるほど！　サッパリ分からん！」

「ついでに言うと、二十年後から来たメールは四つではなかった。作文には文字数制限があったから四通だったことにしたけど、実際には、十五通も来ていたんだ。だから、全員に感謝したい。十五の僕へ」

「なるほど！　ヤッパリ分からん！　ははあ、さては隠れて一杯やっていたな」

「そうかもね。そして白昼夢を見ていた」

「×××××！　お前は、実に面白いヤツだ！　進学校の高校に入ったのに、途中で休んで海外放浪なんてしやがった。区役所に勤めたかと思ったら、自転車で日本一周したり、震災ボランティアしまくったり、二年足らずで大学に入り直して、作った歌でデビューしたり、車仕入れて売ったり、人気ラーメン屋で働いたり、卒業後はビッグな会社でバリバリ働いて――、最後に、こんな頭のおかしい某と組んでくれた！　嬉《うれ》しい！　某は！　実に嬉しいぜっ！　ちくしょう、目から涎《よだれ》が止まんねえヨ！」

「一杯やっていたのはそっちか！　いや、僕の知る中で、人間としての面白さでは君に勝てる人はいないよ。一緒に歩んできた時間は、いつも楽しかった！　それに、こんな豪華な誕生日会を開いてくれて、ありがとう――、エビス」

「イイってことよ。親友への愛と節税対策だ。ところで、今日も相変わらず、一人称がバラバラだな」

「まーね。僕はいろいろいるんだよ。分かるだろ？」

「なるほど！　実に分からん！　でもま、そんなことはどうでもいい。今日はお前の誕生日だからな！　ハッピー三十五！」

おしまい

朝の読書だnyan

高畑京一郎

「ぶち破れ！　責任は私が取る！」

バツイチ子持ちの女警部の命令で、ボクサー崩れの若手刑事が倉庫部屋のドアに体当たりを敢行した。二度目の突撃でドア板に亀裂が走り、三度目で施錠機構が吹き飛んだ。若手刑事は勢いあまって部屋の中に転がり込み、「いてて」と頭をさすりながら立ち上がろうとする。バツイチ子持ちの背後から絹を裂くような悲鳴があがったのは、その時だった。二人の刑事をここまで案内してくれた家政婦が、震える指を室内に向けている。その先にあるのがなにかと思った時——文香《あやか》の目の前がクリーム色に染まった。色味からしてカーテンだろうと見当はついたが、縫い目がヘアピンに引っ掛かったらしく、うまく外れない。もがもがと藻掻《もが》いていたら、

「なにやってんだ、お前」

前の席から、中谷《なかたに》くんの呆《あき》れたような声が聞こえてきた。

「取ってやるから、ちょっと動くな」

「あ、うん……」

言われるまま、頭を中谷くんの方に向けてじっとしていると、中谷くんの指先がヘアピンのあたりで蠢《うごめ》いて、目の前のクリーム色が、ぱっと晴れた。中谷くんはカーテンをくるくるとねじるように束ねながら立ち上がると、窓脇にあるフックにそれを括《くく》

り付《つ》けてから椅子に座り直した。

「ありがと」

文香が小声で礼を言うと、中谷くんは無言のまま軽く頷《うなず》き、机の上に伏せてあった文庫本を手に取った。

——うららかな春の朝。始業前のひと時である。朝方の空気はまだ肌寒いが、窓から差し込む日差しは、それを補ってあまりある。担任の茅木《かやき》先生は、いつものように窓際にパイプ椅子を広げて座っていたが、その肩口には陽光が、くっきりと窓枠の形を映し出していた。

いつ頃から始まった習慣なのか知らないが、文香の通っている中学では、始業前のこの時間を読書に充てる事になっていた。毎日一〇分、少しずつ読み進め、一週間毎《ごと》に原稿用紙一枚分の感想文を提出する事になっている。読書に使う本は基本的には自由だが、『文章がメインであること』という縛りは一応あるので、マンガ・絵本・写真集などは除外される。もっとも、クラスの陽キャ代表である田野《たの》さんが、

「これ、意外に文章もいっぱい載ってるんですよ？」

と、写真満載のファッション雑誌を持ってきた時には、彼女が令和《れいわ》のファッション

動向に関する感想文をきっちり書き上げたので事後承諾的にＯＫが出たし、逆にバ加《か》藤《とう》が、

「じゃあ、これでもいいんスか？」

と、成人向けの官能小説を持ってきた時は、

「ご両親の前で音読させるぞ、馬鹿野郎」

その場で茅木先生に一喝されているので、最終的には茅木先生の裁量次第という事になる。ちなみにこのバ加藤には以前、文香がうっかり廊下に落としたポーチを勝手に拾い、勝手に開けて、

「なんだコレ。誰んだコレ」

と、教壇ではしゃぎながら、中に入っていたものを振りまわしてくれた前科がある。あまりの事に文香の頭は真っ白になってしまったが、その時、

「なにやってんだ、ごらあっ‼」

血相を変えてバ加藤の脇腹に飛び膝蹴りを食らわせたのが田野さんだった。クラスの女子全員からの吊《つる》し上《あ》げを受けたバ加藤は這々《ほうほう》の体《てい》で逃げ出し、ポーチは無事に文香のもとに戻ってきた。それまであまり接点の無かった田野さんとも、それがきっかけで少し親しくなれたので結果オーライと言えば結果オーライだが、バ加藤の事は生

涯許さぬ所存である。

この日、文香が自宅から持ってきたのは複数作家のアンソロジー本だった。一編一五ページくらいの分量なので、一〇分間で読み切るにはちょうどいい。今読んでいた作品は、純粋なミステリと言うよりは昔の推理もの二時間ドラマをオマージュした作品らしく、あまりリアリティは感じないが、ぽんぽんとテンポ良く話が進む。

先程の家政婦が指さしていたのは、大手文具メーカーの会長の死体だった。後頭部を鈍器で殴られ、テーブルに伏せて事切れていたのだ。テーブルの上には渓流釣りの道具が並べられており、足下には血塗《ちまみ》れの万華鏡が転がっていたが、これで人を殴り殺す事は不可能だ。おまけにドアも窓も内側から鍵が掛かっていて、現場は密室状態である。バツイチ子持ちとボクサー崩れは早速聞き込みを開始した。会長付きの秘書や会計士、釣り仲間などに事情を聞いてまわるうち、刑事たちは第二の事件に遭遇する。別荘の裏庭にあった涸《か》れ井戸の底で、植木職人の死体を発見したのだった。

その時、ふわっと風が吹き込んできて、文香の前髪をくすぐった。中谷くんはカーテンを括り付けただけで、窓の方はそのままにしていたのだ。どうせなら窓も閉めてくれればよかったのにと思いもしたが、今日は陽当《ひあ》たりが良すぎるので、たまに涼しい風が入り込んでくるのも、これはこれで悪くはない。

その中谷くんは、両手で文庫本を開いてはいるようだが、ページを見てはいなかった。顔を横向《よこむ》け、窓の外をじっと眺めている。文香自身は雑食性の本の虫だが、生徒の中には本を読むのが好きではない人も勿論《もちろん》いる。そういう人たちにはこの読書の時間は退屈なだけなのかもしれない。

一応、読んでいるポーズだけでも取っておかないと、茅木先生に怒られるよ。と、思ったけれど、茅木先生も茅木先生で暇そうにスマホを操作しているだけだ。――じゃあ、まあいいか。

ちなみに中谷くんは野球部員で、体つきも大柄だ。髪は短めに刈っていて、首筋までこんがり日に焼けている。野球の腕前はよく知らないが、時々試合の話をしているので、一応レギュラーではあるらしい。部活優先でクラスの行事にはあまり参加していないが、頼めば気軽にひょいひょいやってくれるのでありがたい。勉強の方は可もなく不可もなくといった感じだが、数学と英語は苦手なようで、

「ここんとこ、よく分かんないんだけど」

と、時々、文香を頼ってくる。

文香の知っている中谷くん情報は、そんなところだった。

それにしても、

――なにを見ているんだろう？

中谷くんがずっと視線を逸《そ》らさないので、文香はそれが気になった。実は文香も、窓の外にうっかり工事現場などを見付けてしまうと、ついつい経過を見守りたくなるタイプである。ダンプカーの運んでくる土が徐々に山となっていったり、その山がクレーンで崩されながら少しずつ無くなっていったりする様子を見ていると、工事って大変だなぁとか、継続は力なんだなぁなんて事を、しみじみと思ったりする。

しかし、中谷くんの目線の先を追ってみても、観察しがいのありそうなものは特に見当たらなかった。文香のクラスの窓から見えるものと言えば、真下に校門と車止め、右手の方に自転車置き場があるくらいだ。小学生の時は学校の窓から畑や川や工場が見えたけれど、今通っている中学はまわりがぐるりと住宅街なので、あまり面白みが無い。野球部やサッカー部の人たちも、ボールが学校の外に飛び出さないよう気を遣いながら練習しているという話である。

もっとも、窓の外に目を向けているからといって、窓の外を見ているとは限らない。ぼ〜っと空を見ながら夢想に耽《ふけ》ったりするのは、誰しもが経験する事だと思う。思春期の男子はみんな、学校にテロリストが攻め込んできて、自分がヒーローになる夢想をするものだと、どこかで誰かが言っていたのを聞いたような憶《おぼ》えもある。テロリストがなんで中学校に攻め込むんだという根本的な疑問もあるけれど、あり得ない事をあり得ないと一蹴するのは簡単な事。どういう状況が重なったら、その『あり得ない事』が起こり得るか、無理なく納得できる設定を見つけ出すのが、夢想者《むそうもの》の腕の見せ所だろう。例えば、重要人物の子女が生徒として通っているとか、その学校の屋上に立つと狙える重要施設があるとか、垂直離着陸機で逃走するのに中学校のグラウンドを使いたかったとか、そういう事情があるなら、それなりに納得できそうな気がする。

とはいえ、訓練を積んだテロリストに中学生が対抗できるかと言えば、それは多分、無理。中谷くんがバットを振りまわしても、バキュンと撃たれてそれで終わってしまう筈《はず》だ。やはりプロにはプロをぶつけるべきで、自衛隊や警察の特殊部隊の方々にご出馬を願うのが自然だと思う。で、生徒たちを助けるべく特殊部隊の隊員さんが忍び込んで来るんだけど、見張り役のテロリストに見つかりそうになる。そこで文香がちょっとした活躍をしてテロリストの注意を引きつける。その隙に隊員さんが飛び込んできて見張り役をやっつける。ありがとう、君のお陰だ。私たちを助けに来てくれたんですか？　そうだ、危険だから私のそばにいなさい。――うん。自然、自然。

でも考えてみると、そういう仕事をしている人は二〇代半ばかそれ以上の筈で、文香とは一〇才以上年齢が離れてしまう。文香的にはそのくらいの年齢差はむしろアリだけど、相手の隊員さんがロリコン扱いされると可哀想《かわいそう》だ。一八才を越えた後なら問題ないと思うけど、それまでの三年間、どう繫《つな》がりを維持しようか。

――そうだ。隊員さんに自分と同い年の妹がいる事にしよう。そうすれば不自然なくくっつける。隊員さんが怪我《けが》をしたからお見舞いに行くと、そこに妹さんも来ていて仲良くなっちゃう。あなたが文香さん？　お兄ちゃんの事、助けてくれてありがとう。いいえ、助けて貰《もら》ったのは私の方です。お兄ちゃん、ずっとあなたの話をしてるのよ。おい、妹。余計な事を言うんじゃない。――これだ。

あと、テロリストが攻めてきているのに犠牲者が出ないようだとサスペンスとして物足りないので、これは全部バ加藤に引き受けて貰おう。三つ子という設定にして、テロリストが攻め込んできた序盤に撃たれて死ぬ役と、中盤にテロリストに逆らって見せしめに殺される役と、脱出作戦が始まった終盤にトラップに引っ掛かって爆殺される役をやらせればちょうどいい。

――などと文香が妄想に耽っていた時、窓の外でひょこっと何かが動いた。焦げ茶色の小さな三角がふたつ。もふもふした茶色の毛玉に、黒珊瑚《くろさんご》のような円《つぶ》らな瞳。生後三ヶ月くらいのキジトラ仔猫《こねこ》だった。それが窓の外にいて、ガラス越しに教室内を覗《のぞ》き込《こ》んでいる。仔猫は左右の前足でカリカリと窓ガラスを引《ひ》っ掻《か》くと、小さくか細く、

なー。

と、啼《な》いた。

——え？　なんで猫？　ここ三階だよ？　どっから来たの？

色鮮やかな赤い首輪を巻いているから飼い猫である事は間違いないが、学校に猫を連れてくる人間がいるとは思えないし、仮にいたとしても外に放置はしないだろう。文香の頭の中に様々な『？』が渦巻いた。その文香の前の席では、中谷くんが仔猫に向かって指を立て、気を惹《ひ》くようにゆっくりと左右に振っている。仔猫はそれを見ては首を傾《かし》げたり、前足をニギニギしたりしているのだった。

さっきから窓の外を眺めていたのは、さてはこれか。どういうわけか知らないが、中谷くんはこの事態を予期していたらしい。多分、文香が今まで気付かなかっただけで、これまでにも何度か仔猫の訪問があったのだろう。

そっと教室の前を窺《うかが》うと、茅木先生は相変わらずスマホをいじっていた。ついで教室を見渡すと、何人かが窓の方に視線を向けている。しかし口を開こうとする者はおらず、あるいは驚いたように、あるいは呆れ顔で、中谷くんと仔猫の密《ひそ》かなコミュニケーションを見守っているのだった。

中谷くんが驚愕の行動に出たのは、その時である。細長いパウチに入った液状の猫用おやつを鞄《かばん》から取り出すと、躊躇《ためら》いも無くその封を切ったのだ。

いや、それは駄目だろう。指先で猫の気を惹く程度ならまだしも、そういう飛び道具を使うのは反則の筈。そもそもその手の猫用おやつは魚臭いし、中谷くんの席は窓際で風上だ。え、なに？　命知らずなの？

飛び道具の効果は抜群で、仔猫の動きがいきなり忙《せわ》しなくなった。目線をパウチにロックオンしたまま、教室に入り込むルートを求め、窓ガラスの裏側を横に移動し始める。窓の端には幅三センチほどの隙間ができている。先程、中谷くんが閉めなかったからだ。――此奴《こやつ》、なにもかも計算ずくか。

仔猫は窓の隙間に到達すると、右と左をきょろきょろ見てから、窓ガラスと束ねられたカーテンとをそれぞれ引っ掻いた。そして中谷くんが手に持つ猫用おやつに視線を戻し、なー。

と、ひと啼き。

「げほん、げほん、ごほん」

文香が慌てて咳払《せきばら》いするのと、

「へっくちょん」

中谷くんが下手なくしゃみをするのが同時だった。のみならず、風下のあちこちからも、同時多発的に咳払いが聞こえてくる。ああ……思ったよりも広範囲にバレている。そしてみんな共犯になっている。

茅木先生がスマホから顔をあげ、教室内をざっと見渡した。

「お前ら、一応あとでうがいと手洗いやっとけよ。学級閉鎖なんかごめんだからな」

文香は机の前に足を伸ばし、中谷くんの椅子の座板を真下から蹴り上げた。

「なに考えてんの。馬鹿じゃないの。今すぐしまえ！」

ひそひそ声で怒鳴るのは、とても難しい。

「いや、でもコイツ、もう貰えるもんだと思ってるし、騙《だま》すわけには」

「騙さなくてもいいから、ちょっと待てって言ってんの。ほんの二、三分の話でしょ」

その時、心地よい風が、ふわっと教室内に吹き込んできた。サッシの上で後足立ちになっていた仔猫の体が、風に押されて宙に浮く。――あ、落っこちる。

咄嗟《とっさ》に文香は、椅子に座ったまま、左手を伸ばした。右手で机の端を摑《つか》んで体を支えながら、バレーボールのレシーブの要領で、左手を床ギリギリに滑らせる。掌《てのひら》にぽふんっとした感触があって、仔猫は無事に受け止める事ができたが、机と椅子は文香の動きを受け止めきれず、大きく傾いでけたたましい音をたてた。

「なにをやってるんだ、お前ら！」

茅木先生が椅子から立ち上がって、文香たちの席にやってきた。レシーブ体勢のまま動けずにいる文香と、その掌の上の仔猫と、中谷くんの手の中の猫用おやつを順に見てから、茅木先生はもう一度、口を開いた。

「……なにをやってるんだ？　お前ら」


毒入りのカレーライスで会計士が三人目の犠牲者となったあと、衝撃の事実が明らかになる。実は家政婦と会計士と会長秘書は、会長が別々の愛人に生ませた腹違いの三姉妹だったのだ。遺産相続のために共謀して会長を殺害した三姉妹は、その後仲間割れして互いの命を狙う関係になった。会計士を毒殺した家政婦は、会長秘書から海を見下ろす岬へと呼び出される。暖炉の灰の中にあったメモの燃え残りからその事態を知った二人の刑事はタクシーを飛ばして岬へと急ぎ、そして仔猫は茅木先生の膝の上にいる。揃《そろ》えた太腿《ふともも》の間の窪《くぼ》みに、縦に仰向けに寝そべって、喉やお腹《なか》を撫《な》でて貰いながら、うにゃうにゃうにゃと満足そうに猫用おやつにむさぼりついているのだった。

「くそぅ……可愛《かわい》いとこ独り占めかよ」

仔猫も猫用おやつも没収され、中谷くんは悔しげだったが、正直そんな事を言える資格はこいつには無いと思う。

読書の時間が終わると、茅木先生は仔猫を抱えて立ち上がった。

「その子、どうするんですか？」

田野さんが訊《たず》ねると、

「とりあえず職員室で預かって貰ってから、暇を見付けて学校の周辺に聞き込みをしてみる。そう遠くではない筈だ」

「先生が？　自分で？」

「お前らには授業があるが、教師には空き時間があるからな」

茅木先生が指先でさわさわと首まわりを撫でると、仔猫は心地よさげに目を細めた。この手つき、慣れている。

「だったら先生」中谷くんが手を挙げながら言った。「二丁目あたりから始めるのがいいと思います」

「理由は？」

「まず、この教室は三階なので、どこかに登れる場所がないと猫はここまで来られません。しかも、その子はこれまで何度も顔を出しているのに、飼い主が連れ戻しに来た形跡が無い。つまり帰るのも自力でできているという事です。こんな仔猫にそんな事ができそうな通路といったら、自転車置き場の横にある桜の樹《き》くらいしかないと思うんです」

自転車置き場の隣にある桜というのは、何十年も前に記念植樹されたもので、今では三人掛かりくらいでないと抱えきれないほどの幹の太さになっている。言われてみれば校舎と学校外の民家との橋渡しもできそうな枝振りだった。

「桜の枝に猫が二階から飛び移れそうな家は、位置的に三軒くらいあって、猫を飼っているのはそのうち五十鈴《いすず》さんと佐竹《さたけ》さんなんですけど、佐竹さんのところの猫は血統書付きのアメショーとかなので、多分、五十鈴さんとこの子じゃないかと」

茅木先生は中谷くんを長々と見詰めたが、余計な事はなにも言わず、

「二丁目の五十鈴さんだな。分かった。まずそこから当たってみる」

仔猫をあやしつつ、教室を出て行った。

「キメーな。どんだけ猫情報に詳しいんだよ、お前」

ぎゃははと下品な笑い声を立てたのはバ加藤だったが――う〜む、苦々しいが、今回ばかりは同感である。

家政婦と会長秘書は揉《も》み合《あ》いになって崖から落ち、最後にボクサー崩れが、

「どうして人間は争いをやめられないのでしょうか」

遠い目で夕陽《ゆうひ》を眺めながら、お話を〆《しめ》ていた。一応、文章はすべて目で追っていた筈なのだけど、密室の謎とか細かな犯行手順とか、まったく記憶に無い。目から脳へと伝わる道筋に、もふもふ毛玉が転げ回って邪魔をしてくれたからだ。

くそう。明日また最初から読み直しだ。


（完）

<初出>

本書は書き下ろしです。

この物語はフィクションです。実在の人物・団体等とは一切関係ありません。

メディアワークス文庫

君《きみ》に贈《おく》る15ページ

三秋《みあき》 縋《すがる》・佐野徹夜《さのてつや》・松村涼哉《まつむらりょうや》・斜線堂有紀《しゃせんどうゆうき》・一条《いちじょう》 岬《みさき》・
綾崎《あやさき》 隼《しゅん》・村瀬《むらせ》 健《たけし》・こがらし輪音《わおん》・青海野《あおみの》 灰《はい》・古宮九時《ふるみやくじ》・
遠野海人《とおのかいと》・天沢夏月《あまさわなつき》・入間人間《いるまひとま》・時雨沢恵一《しぐさわけいいち》・高畑京一郎《たかはたきょういちろう》

2024年12月25日　初版発行

発行者　山下直久
発行　株式会社KADOKAWA
〒102－8177　東京都千代田区富士見2－13－3
0570-002-301（ナビダイヤル）
装丁者　渡辺宏一（有限会社ニイナナニイゴオ）
印刷　株式会社暁印刷
製本　株式会社暁印刷

ISBN978-4-04-916004-8 C0193

メディアワークス文庫　https://mwbunko.com/

本書に対するご意見、ご感想をお寄せください。

あて先
〒102-8177　東京都千代田区富士見2-13-3
メディアワークス文庫編集部
「君に贈る15ページ」係

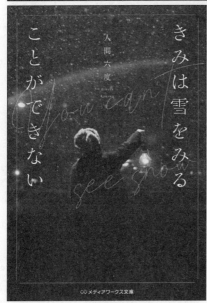